KB095574

IT 등에 메고
지구 한 바퀴

IT 등에 메고 **지구 한 바퀴**

ⓒ 한필순, 2024

초판 1쇄 발행 2024년 9월 12일

지은이	한필순
펴낸이	이기봉
편집	좋은땅 편집팀
펴낸곳	도서출판 좋은땅
주소	서울특별시 마포구 양화로12길 26 지월드빌딩 (서교동 395-7)
전화	02)374-8616~7
팩스	02)374-8614
이메일	gworldbook@naver.com
홈페이지	www.g-world.co.kr

ISBN   979-11-388-3528-2 (03810)

- 가격은 뒤표지에 있습니다.
- 이 책은 저작권법에 의하여 보호를 받는 저작물이므로 무단 전재와 복제를 금합니다.
- 파본은 구입하신 서점에서 교환해 드립니다.

우리나라 산업이 나아가야 할 제2의 반도체 소프트웨어

IT 등에 메고
지구 한 바퀴

한필순 지음

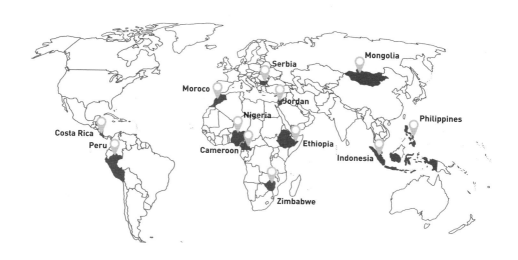

좋은땅

서문

세계에서 유일하게 원조를 받던 나라에서
주는 나라, 대한민국

나는 KOICA(한국국제협력단)에서 인도네시아의 중소기업 개발 센터의 IT 인프라 구축 지원을 위한 ODA(Official Development Assistance, 공적개발원조) 사업에 참여했다. 내 생애 최초에 해외 프로젝트이기도 하고, KOICA 직원 말에 의하면 내가 KOICA 최초로 IT 부문 ODA 사업 참여자라고 한다. 2001년도의 일이었다.

ODA는 OECD 가입 국가 중에 개발원조위원회(DAC, Development Assistance Committee)회원이 개발도상국가에 원조하는 것을 의미한다. 한국은 1996년에 OECD에 가입했고, OECD국가는 개발도상국가에 원조를 해야 하는 의무가 있다. 한국의 2023년도 개발도상국가 원조 금액은 약 4.3조 원이다. 이 중에는 차관도 있고 무상 증여도 있다.

나는 2001년에 인도네시아를 시작으로 2023년까지 지난 20여 년간 12개 국가에 20여 개 ODA 사업에 참여했다. 주로 IT 분야에 컨설팅이었고 범정부 정보화 마스터플랜과 분야별 정보 전략을 수립했다.

IT 등에 메고 지구 한 바퀴

여러 국가를 다니면서 경제적으로 지금은 비록 한국보다 부족하지만, 한때는 한국보다 훨씬 더 잘살고 한국에 원조를 해 주던 국가들이 쇠락한 모습을 보기도 하고, 지금보다 더 잘사는 나라로 성장하기가 영원히 어려워 보이는 나라들도 있다.

이런 국가들은 대부분 인당 GDP가 1,000 달러에서 10,000달러 이하이고, UN의 전자정부 평가지수(EGDI)에 따르면 190여 개 국가 중에서 50위에 속한 나라도 있지만 대부분 100위권 이하다. 이러한 국가에 정보화를 위해서 다니다 보면 때로는 회의감도 생기지만 조금씩 적응과 정착하는 모습에 보람을 느낄 때도 있다.

이 국가들이 한국의 IT에 기대하는 바는 매우 크다. IT뿐만 아니라 자기들과 같은 처지이거나 못살던 나라가 부자 나라가 된 모델에 관심이 큰 것이다. 특히 한국은 UN이 전 세계 국가에 전자정부 평가를 시작한 2004년 이후부터 190개 국가 중에 늘 5위권 이내이고, 2010년부터 2014년까지 3회 연속 1위를 기록한 바가 있기 때문이다.

전자정부 평가가 정부의 정보화 수준을 평가하는 것이긴 하지만 사회 전반적으로 정보화의 수준을 의미하기도 한다. 선진국 대부분이 정부와 기업의 정보화 수준이 비등하게 발전하기 때문이다.

이 국가들이 선호하는 한국의 IT 시스템은 다양하지만 주로 전자조달, 전자관세, 전자여권 등이고 이외에도 교육, 복지, 통계, 세금 관련 시스템들이며, 최근에는 정부 클라우드 센터 건립 요청이 늘고 있다. 이러한 한국의 IT시스템들을 Best Practices로 설정하고 그들의 실정에 맞게 재구성해서 제공하고 있는 것이다.

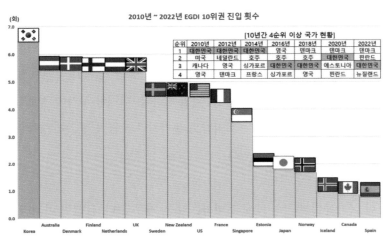

국가별 10년간 10위권 진입 횟수와 4위권 현황
(출처: UN E-Government Survey, 필자 편집)

한국의 IT 원조는 미국이나 유럽보다는 적은 규모지만, 비교적 활발하게 진행하고 있고, 나는 한국에 이러한 IT시스템 구축에 수원국이 시행착오를 최소화하도록 기초설계에 많은 신경을 쓰면서 전 세계를 다니고 있다.

나는 전자공고를 졸업하고 컴퓨터공학(학사), 산업정보학(석사)을 전공했고 86년부터 99년까지 프로그래머로 활동하고 그 이후부터 국내외 IT 분야 컨설턴트로 활동하고 있다. 이 책은 내가 그동안 ODA 컨설팅했던 내용을 글로 담은 것이다. 12개 국가에 일한 내용을 쓴 순서는 독자의 이해를 돕기 위해서 방문 연도가 아니고 대륙별로 모아서 구분했다. 간혹 해당 국가에 내용이 시기적으로 다르게 쓴 부분이 있다. 예를 들어서 GDP나 UN의 전자정부 평가지수(EGDI, E-Government Development Index)는 최근 자료를 수록했다. 하지만 일부 국가를 제외하고 GDP나 EGDI는 10여 년 전이나 지금이나 큰 차이가 없으므로 이 점 독자의 이해를 바란다. 그리고 그동안 프로젝트를 함께 했던 동료들에게 이 책과 함께 감사의 마음을 전한다.

목차

○

광활한
초원의 나라,
몽골

인천 공항에서 몽골에 울란바토르 공항까지 약 3시간 30분 정도 걸려서 도착했다. 울란바토르 시내 숙소까지 가는 길에 커다란 발전소가 보였다. 석탄발전소인데 전기뿐만 아니라 몽골은 일반 난방용으로도 석탄을 주로 사용하기 때문에 겨울에는 주변에 공기가 매우 나쁘다고 한다. 몽골은 연간 약 300만 톤에 석탄을 채굴하고 있고, 세계 10위 자원부국으로 구리(2위), 석탄(4위)이다. (출처: 대외경제정책연구원)

지도상 몽골의 위치

몽골 전자정부 수준

2022년 UN E-Government Survey Report에 따르면 전체 190개 국가 중에 몽골은 74위의 위치에 있으며 EGDI는 0.7209, OSI는 0.6263, TII는 0.6973, HCI는 0.8391로 발표했다.

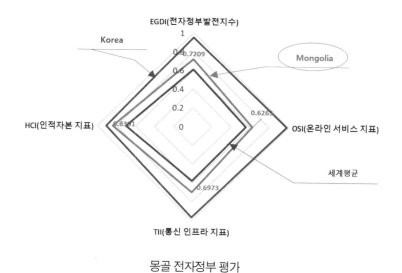

몽골 전자정부 평가

UN의 전자정부평가 지표 구성은 다음과 같다.

■ **온라인 서비스 지표(Online Services Index, OSI)**

• **정부 웹사이트**: 정부 기관의 웹사이트 접근성, 정보 제공 수준, 온라인 서비스 이용 용이성

• **전자참여 지표**: 온라인 협의, 토론, 의견 제시 등을 통한 시민 참여 수준

• **전자서비스 지표**: 주민등록증 신청, 세금 납부, 건강보험 가입 등 주요 정부 서비스의 온라인 접근성과 이용 편의성

■ **통신 인프라 지표(Telecommunications Infrastructure Index, TII)**

• **유선 및 무선 인터넷 접근성**: 국가 전체 및 지역별 인터넷 사용 가능 인구 비율, 인터넷 속도 등

• **전화 가입률**: 고정 및 이동 전화 가입자 비율

• **브로드밴드 보급률**: 고속 인터넷 가입자 비율

■ **인적 자본 지표(Human Capital Index, HCI)**

• **기초 교육 수준**: 의무 교육 이수율, 문맹률 등

• **고등 교육 수준**: 대학교 진학률, 졸업률 등

• **IT 역량**: 컴퓨터 사용 능력, 인터넷 활용 능력 등

각 지표의 점수는 0에서 1 사이 값으로 나타내며, 3가지 지표의 점수를 평균하여 EGDI를 산출한다. EGDI 점수가 높을수록 해당 국가의 전자정부 발전 수준이 높다는 것을 의미한다. (이후 국가는 EGDI 설명 생략)

샤브샤브 요리의 유래

한국에서 이번 사업에 관해서 사전에 협의했던 바담수렌 박사가 마중을 나왔다. 바담수렌 박사는 최근에 한국의 지원으로 KAIST 박사 과정을 마치고 몽골로 귀국했고 이 사업에 합류해서 몽골에 현지 컨설턴트로 활동하기로 한 것이다.

그 옛날 징기스칸은 동유럽까지 진출해서 로마제국이 멸망하게 된 원인을 제공하기도 했다고 한다. 바담수렌 박사에게 징기스칸이 어떻게 그 먼 곳까지 갈 수 있었을까 하고 물었더니 그 당시 몽골의 병사는 1명당 말 2~3마리를 몰고 다녔다고 한다. 계속 말을 갈아타면서 돌격했고 말이 죽으면 그 고기를 말려서 가지고 다니다가 끓는 물에 익혀서 먹었다고 한다. 그렇게 해서 쉬지 않고 서쪽으로 진격을 한 것이고 이때부터 유래된 음식이 샤브샤브(일본식 이름)라고 한다.

몽골은 그 크기가 한반도에 약 7배 정도에 총인구는 300만 명 정도다. 그중에 100만 명 정도가 수도 울란바토르에 살고 있고 아직도 유목민이 많다고 한다. 몽골은 2차 대전 이후에 지금의 중국 영토가 된 내몽고가 원래는 같은 국가였다고 하니까 꽤 큰 대륙 국가였었다는 것이다. 인당 GDP는 약 5,000USD 정도이다. (출처: 2023.02 주 몽골 대한민국대사관)

몽고(蒙古)는 몽골을 한자로 표기한 것이다. 이는 중국이 몽골을 얕잡아 보아 붙인 한자식 이름으로 기록상으로 '몽고'(蒙古: 무지몽매하고 고루한)라는 한자 명칭이 송나라 시대 《삼조북맹회편》에 처음 등장한다고 한다. 그래서 몽골에서는 이 한자를 극히 싫어한다. 그런데 몽골에서는 러시아의 키릴 문자를 사용하고 있다. 몽골에서 현재 사용하는 키릴 문자는 1924년 몽골 인민공화국 수립 이후 채택되었으며, 몽골 키릴 문자는 몽골어의 소리를 비교적 정확하게 표기할 수 있도록 구성되어 있고 러시아어의 의미는 없고 소리 나는 대로 키릴 문자로 표기한 것이다. 마치 우리의 삼국시대에 한자의 발음과 뜻을 활용하여 언어를 표기했던 이두 문자와 비슷한 것이다.

몽골과 중국에 속한 내몽고와는 같은 국가, 같은 민족이었지만, 제2차 세계대전 이후에 반으로 갈라지게 되었는데 통일을 위한 노력이나 그 필요성을 느끼지 못하고 있다. 중국의 위력 때문에 그런지는 모르겠지만 그냥 다른 나라 사람으로만 여기고 있다.

IT 등에 메고 지구 한 바퀴

몽골의 스마트교육시스템 구축을 위한 사전 타당성 검토

몽골에 사업은 스마트교육시스템 구축을 위한 사전 타당성 검토 프로젝트였다. 2006년에 몽골 정부는 몽골의 교육을 개발하는 마스터플랜 (2006-2015)을 발표했고. 그 목적은, 빈곤과 실업을 줄이고, 사람들의 생활을 개선하기 위한 것으로, 이러한 몽골 정부의 SMART Education 체계의 실현을 위하여 한국의 첨단화된 ICT 기술을 적용하고자 하는 것이다.

이번에 내가 참여한 사업은 1단계 사전타당성검토사업으로서 아래와 같은 범위와 목표를 가지고 시작했다.

■ **Market Feasibility Study**(시장 타당성 조사)
• 몽골 교육 시장에 대한 스마트 솔루션 구축 타당성 조사

■ **스마트교육시스템 모델 발굴**
• 타당성 조사 결과를 바탕으로 스마트 교육 관련 솔루션 모델 개발
• 수립된 모델에 대한 구성 요소 설계
• 사업의 실질적 추진을 위한 추진 체계 제안

■ 몽골 스마트교육시장 진출을 위한 사업 계획 수립

- 수립된 사업 모델이 실제 사업으로 이어질 수 있도록 세부 계획 수립
- 시장 진출을 원하는 투자자에게 유효한 자료가 될 수 있도록 투자 원가, 자금 조달 계획을 소개
- 스마트교육시스템 구축을 위한 원가 산정, 조직, 운영 계획 수립

즉, 이 사업은 몽골의 스마트교육시스템에 대한 사업모델을 발굴하는 것으로서 몽골의 스마트교육환경에 적합한 상품을 개발하고, 투자를 위한 의사결정 기초자료를 확보하기 위한 사업 모델의 개발을 목표로 하는 것이다. 시스템 구축을 위한 계획만 수립하는 것이 아니라는 뜻이다.

나는 정보전략계획수립(ISP)은 늘 하는 일이지만, 마케팅 전략 수립은 두 차례만 해 봤기 때문에 익숙하지는 않다. 특히 마케팅 전략은 정보 전략 계획 수립에 비해서 그 방법론이 정형적이거나 세밀하지 않기 때문에 나에게는 더욱 어렵다. 하지만 이 사업에 같이 참여하는 동료 중에 마케팅 분야에 박사급 전문가가 있어서 그가 맡았다.

몽골의 교육 분야 IT 환경

몽골의 교육환경 분석을 위해서 교과과정 관점(교육 콘텐츠, 교습과 학습 방법, 평가)의 정의, 교육 관계자(현생, 학생, 학부모, 교육 관련 공무원) 인터뷰, 개인과 집단 간의 관계분석, 사회적 자료의 분석 등을 수행했다.

수도 울란바토르에 소재한 80여 개의 초, 중, 고등학교, 21개 아이막[1]에 소재한 112여 개의 총 192개의 초/중/고등학교에서는 각 학교에서 내부 네트워크를 연결하고 컴퓨터 설치를 위한 프로젝트를 몽골교육부에서 현재 추진 중이다. 그래서 아직은 USB나 CD에 교육용 콘텐츠를 담아서 말을 타고 유목민들에게 공급을 해 주는 학교가 많이 있다고 한다.

몽골의 스마트교육시스템 구축을 위하여 소개된 솔루션 중에 본 사업에서 다루어야 할 주제를 대상으로 공무원, 교사 등 70명을 대상으로 조사한 결과 전자교과서(e-Textbook 30.7%)로 결정되었다.

---

1) 아이막: 몽골은 21개의 아이막으로 이루어진 가지고 있다. 아이막은 한국의 도에 해당하는 개념이며, 넓은 영역과 수백, 수천 명의 인구를 관할하는 행정 구역 체계이다.

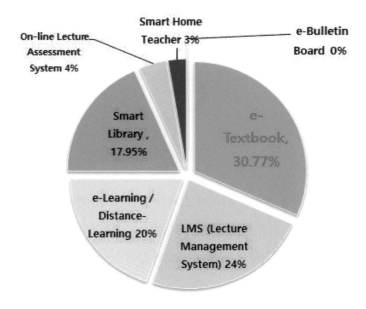

스마트교육 주제 선호도 조사결과 표

몽골의 교육과학부는 2014년 초부터 해외원조를 바탕으로 초/중/고 교과서를 대상으로 전자교과서용 콘텐츠를 개발하고 있으며, 개발 대상 2,498개 중에 144개를 개발(약 6%)을 완료했다.

몽골 정부가 전자교과서에 관심을 두는 이유는 종이 공급이 원활하지 않기 때문이다. 대부분 종이를 수입해서 책을 만들어야 하는데 그 비용이 많이 들어서 전자교과서를 이용하고자 하는 것이다.

마침 한국에는 교육부에서 '디지털교과서 제작 가이드라인'을 제공하고 있고 이를 바탕으로 몽골에서 더 체계적으로 디지털교과서를 개발할 수 있도록 설계하기로 했다. 디지털교과서 구축 범위와 대상을 정하고 그 모델을 설계하는 것이다. 그리고 이를 바탕으로 그 이후에 진행해야 할 사업화 전략을 수립하기로 했다.

몽골은 학교 이름을 번호로 사용하고 있다. 가장 먼저 생긴 학교가 1번이다. 상징적인 이름도 있지만 공식적으로는 번호를 사용한다는 것이 특이했다.

몽골 84번 중학교 방문

아름다운 초원에
밤하늘에 쏟아지는 별들

    2주간 출장 중에 휴일에 울란바토르에서 가까운 주변에 국립공원을 갔다. 어렵지 않게 관광안내원과 차를 구했고 그 안내원은 몽골 사람인데 한국말을 유창하게 잘했다. 대구에서 대학 유학했다고 한다. 그래서 그런지 대구 사투리가 섞여 있는 말투가 재미있게 들렸다.

    고흘리 테렐지 국립 자연공원(Gorkhi-Terelj National Park)에 가는 길에 징기스칸 기념관이 있다. 광활한 초원에 있는 그 기념관에 징기스칸의 동상이 위용을 자랑할 만큼 거대하고 화려해서 그 옛날에 전성기를 느낄 정도였다.

평야의 징기스칸 동상

    울란바토르에서 2시간 정도 걸려서 테를지 국립자연공원에 도착해서 예약한 게르(천막집)에 들어갔다. 말로만 듣고 사진으로만 보던 게르

20

에 들어가니까 꽤 아늑했다. 계절은 8월 여름이지만 낮에도 서늘했고 밤에는 추웠다. 게르의 하얀 외벽은 꽤 두툼한데 양털이라고 한다. 가볍고 따뜻해서 유목 생활하기에 적당하겠다. 장작과 감자를 사서 불을 지피고 감자를 구워 먹었다.

울란바토르 시내 징기스칸 기념관

울란바토르 시내와 달리 공기가 깨끗해서 밤에는 쏟아지는 별들을 보고 입이 벌어질 정도로 감탄스러웠다. 기왕에 몽골에 왔으니까, 고비사막을 가 보고 싶었지만, 일정이 여의치 못해서 가 보지는 못했고 안내원의 말에 의하면 평생에 한 번쯤 가 볼 만한 곳이 고비사막과 바이칼 호수라고 한다. 11월에 다시 올 예정이니까 그때 꼭 가 보기로 했다.

그 안내원에게 초원에 유목민들이 게르 안에는 화장실이 없는데 용변

국립공원 테를지 게르촌

게르 안에서 감자 구워 먹기

IT 등에 메고 지구 한 바퀴

은 어떻게 하냐고 했더니 그냥 초원에서 볼일을 본다고 한다. 게르에서 하룻밤을 자고 울란바토르로 향했다. 도중에 길거리에서 파는 말 젖으로 만든 차를 한잔했는데 말 젖을 발효해서 만드는 마유주라고 한다. 알콜 맛도 나고 시큼한 맛인데 처음 마시는 맛치고는 뒷맛이 상큼해서 나쁘지 않았다.

평원에 있는 게르 중에는 태양광으로 전기를 공급받고 인공위성으로 TV를 보거나 스마트폰에 충전도 한다. 하지만 스마트폰은 가까운 곳에 기지국 근처 안테나가 있는 곳까지 말을 타고 가야 한다.

게르와 태양광

IT 등에 메고 지구 한 바퀴

전자교과서시스템 설계

전자교과서시스템 개발은 범국가적으로 수행해야 할 운영 및 유지보수 측면과 점차로 확대 개발되는 점을 고려하여 표준화를 제시하고, 몽골에는 총 192개(초/중/고)의 학교가 있으며 각 학교마다 1개 교실에 스마트교육을 위한 설비구축을 기본으로 설계했다. 디지털교과서를 구성하기 위한 ICT 구성은 서버, 네트워크 단말기(교사용, 학생용) 등으로 구성되며 각각의 세부 요건(사양)을 설정했다.

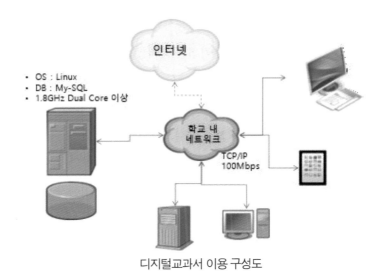

디지털교과서 이용 구성도

소요 예산

몽골의 전자교과서시스템을 구축하기 위해서는 총 전체 학교에(학교당 1개 교실) 구축 비용 US$ 31,155,000가 필요하다. 한꺼번에 투자할 수는 없고 단계적 투자가 필요하므로 6년에 걸쳐서 3단계로 추진하는 투자 설계를 했다.

점심시간이 되어서 직원들과 함께 부근 식당을 찾아 나섰다. 매번 몽골 교육부 직원들이 음식을 제공해 주었지만, 오늘은 그냥 우리끼리 시내 구경도 할 겸 따로 나왔다. 큰길가로 나왔는데 마침 주변에 작은 식당들이 모여 있는 곳이 있어서 그중에 한 군데를 골라서 들어갔다. 메뉴판에 음식이 사진으로 되어 있어서 글을 몰라도 고르기는 쉬웠다. 나는 고기만둣국을 주문했고, 다른 직원들도 각자 사진을 보고 음식을 골랐다.

어떻게 나올까? 궁금했는데 이윽고 음식이 나왔다. 그런데 내가 주문한 만둣국에 손바닥만 한 큰 만두가 3개 들어 있었다. 젓가락으로 만두를 열어 보고 깜짝 놀랐다. 야채는 하나도 없고 고기만 하나 가득 들어 있는 것이다. 2개를 먹고 나니까 벌써 배가 부르다. 다른 음식들도 모양만 다를 뿐이고 대부분 음식이 고기 중심으로 만들어져 있다. 나중에 알게 된 사실인데 몽골 사람들은 대부분 주식이 고기라고 한다. 야채는 비싸기 때문이라고 한다. 초원에 야채가 귀하다는 사실이 이해가 잘 안 되었다. 이렇게 고기가 주식이라서 그런지 몽골 사람들은 근육이 딱딱할 정도로 강하다. 그리고 힘이 장사인 몽골사람들의 씨름은 몽골에서 시작된 운동경기이고 한국과 일본에 전파되었을 것으로 추정하는데 특히 한국의 씨름은 몽골의 씨름과 경기 방법이나 샅바 등이 똑같다.

식사를 하고 몇 군데 상가를 둘러 보고 교육부로 돌아가는 길에 서울의 거리라는 문기둥이 눈에 띄었다. 아마도 서울시와 자매결연을 맺은 기념물 같았다.

울란바토르 시내 서울의 거리

교육부 사무실로 들어와서 신사업 전략 수립을 진행했다. 11월에 예정된 2차 방문은 종료 보고만을 위한 일정이었으므로 이번 1차 방문에서 기본 틀을 잡아야만 한다. 신사업 추진 전략은 몽골에 e-Text Book system을 구축하기 위한 투자와 운영을 위해서 PPP[2] 방식을 기반으로 진행하기

---

2) PPP(Public-Private-Partnership, 관민합작투자, 정부는 토지와 시설, 세제 혜택을 제공하고 기업은 현금과 인력 투자를 하는 방식).

로 했다. 이는 PPP 방식으로 하면 초기에 투자 부담을 줄일 수 있으며, 시스템의 체계적인 운영이 원활할 수 있다는 판단을 했기 때문이다.

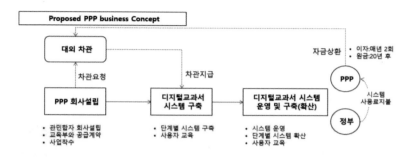

PPP 방식의 전자교과서시스템 추진 계획도

사업 추진을 위해서 몽골교육부와 몽골 및 한국의 사업자가 공동으로 회사(가칭 '몽골스마트교육시스템회사')를 설립하는 계획을 세우고, 이 회사는 몽골의 교육부와 전자교과서 공급계약을 체결하고 회사는 계약서를 근거로 대외차관을 도입하기 위한 준비를 한다는 시나리오였다. 그리고 몇 가지 원칙을 세웠다. '대외차관이 도입되기까지는 오랜 시간이 소요될 수 있으므로, 그동안에 필요한 자금은 사업자가 부담해야 한다. 따라서 준비를 위한 조직 운영 비용은 최소화하여야 한다.' 등이다.

사업 추진 전략에 초안을 가지고 몽골교육부와 정보통신우정청 직원들과 협의하고 몇 가지 보완해서 마무리했다.

IT 등에 메고 지구 한 바퀴

사업 최종 보고회

몽골을 떠나며

사실 몽골은 그 옛날 고려에 침략해서 수많은 백성을 잡아갔고 고종이 몽골군의 침략을 피해서 강화도로 피신을 가고 삼별초는 제주도까지이동하면서 저항했던 역사상 그 만행이 뚜렷이 남아 있는데도 불구하고우리나라는 몽골에 많은 원조를 해 주고 있다. 우리나라가 대외원조를하는 국가들이 많기 때문에 특별한 경우는 아니지만 조상들의 아픔이서려 있는 곳이라서 다른 국가들과는 다른 느낌이 든다.

법무부 발표에 따르면 2023년 한국에서 공부하기 위해 입국한 몽골유학생은 12,000명이 넘는다고 한다. 한국에서 공부하는 해외 유학생이모두 약 20만 명 정도 되는데 4번째로 많다는 것이다. 지리적으로 가까운 탓일까? 아니면 경제적인 이유 때문일까? 어쨌든 한국에서 공부하고 일자리를 얻으면 몽골보다 훨씬 많은 수입이 보장된다고 한다.

IT 등에 메고 지구 한 바퀴

진주의 나라,
필리핀

역동적으로 발전하는 필리핀

    필리핀 마닐라 공항에 도착해서 호텔로 가는 동안 도시가 발전한 모습에 내내 그 놀라움을 금치 못했다. 약 20년 전 아내와 관광 왔을 때 비하면 그때 모습과 딴판이다. 도로는 잘 정비되어 있고 곳곳에 대형 쇼핑몰이 있다. 시내로 들어서면서 교통 체증이 심했는데 그 많던 지프니가 안 보인다. 아마 시내가 혼잡해서 못 들어오게 하는 모양이다.

지도상 필리핀 위치

2021년 UN 조사에 따르면 인구는 1억 1천만 명이고 인당 GDP는 3,323

USD이다. 1565년 스페인의 필리핀 식민통치가 시작되었으며, 19세기 말까지 325년 동안 스페인의 식민통치가 지속되었다. 나라 이름은 당시 스페인 국왕이었던 펠리페 2세의 이름을 따서 만들었다고 한다. 1898년 미국-스페인 전쟁에서 승리한 미국의 지배를 받기 시작했고, 1934년 독립했다. 필리핀은 한국전쟁에 미국, 영국에 이어 세 번째로 파병을 한 나라다. 총 7,000여 명이 참전했고, 100여 명이 전사했다고 한다. (출처: 2023. 02 주 필리핀 대한민국대사관)

오랜 시간이 지났지만 가슴 깊이 감사의 마음이 우러난다.

필리핀 전자정부 수준

2022년 UN E-Government Survey Report에 따르면 전체 190개 국가 중에 필리핀은 89위의 위치에 있으며 EGDI는 0.6523, OSI는 0.6303, TII는 0.5638, HCI는 0.7629로 발표했다.

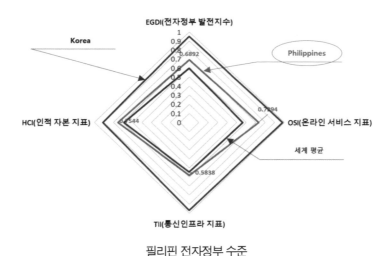

필리핀 전자정부 수준

필리핀의 OSI가 타 지표보다 높게 평가되었다는 뜻은 필리핀 정부가 국민에게 제공하는 공공정보서비스가 비교적 좋다는 뜻이다.

진주의 나라

　필리핀은 세계적으로 유명한 진주 생산국이다. 특히, 필리핀 남부 술루해는 진주조개가 풍부해서 세계 최대 규모의 진주 양식장이 있는데 2016년 4월 팔라완 섬 부근에서 발견된 진주는 30cm×60cm 크기로 세계 최대라고 한다.

　필리핀에서의 진주 양식은 1950년대에 시작되었으며, 필리핀에서는 두 가지 유형의 진주가 생산되고 있는데, 하나는 자연 진주(도미니언 진주)이고, 다른 하나는 양식 진주이다. 하지만 현지인의 말에 따르면 최근에는 해양 오염과 기후 변화로 인해 진주 생산에 어려움을 겪고 있다고 한다.

필리핀 의약품 관리 체계 개선 사업

　이번 사업은 아세안(ASEAN)[3] 협력국 전략 사업을 통해 필리핀 정부에 의약품 관리를 위한 정보시스템 구축 지원을 목적으로 진행했다. 이 일은 한국의 의약품관리종합정보시스템(KPIS) 구축과 그 운영 노하우를 기반으로 지원하는 것이 주요 목적이다.

　실태 조사는 현지 컨설턴트인 브라나 박사를 통해 사업 대상지의 세부적인 현황조사 및 설문조사 등을 진행하고, 현지 출장을 활용한 조사로 문헌조사에서 파악하기 어려운 현황을 파악하는 걸 목적으로 수행했다. 1주일간의 짧은 여정이었기 때문에 바쁘게 여기저기를 다녔다. 다행히 현지 컨설턴트 브라나 박사가 적극적으로 도와줘서 비교적 순조롭게 진행할 수 있었다.

　2달 뒤에 다시 방문해서 심층 조사와 필리핀 의약품 관리 공무원과 차후 프로젝트에 대한 협의 과정이 남아 있지만, 첫 방문에서 방향을 잘 잡기 위해서는 충분한 이해가 필요하다. 부지런하게 다양한 계층의 이해

---

3)　동남아국가연합 ASEAN(Association of Southeast Asian Nations): 브루나이, 캄보디아, 인도네시아, 라오스, 말레이시아, 미얀마, 필리핀, 싱가포르, 태국, 베트남, 한국은 완전 대화 상대국.

관계자와 사업장 방문이 필요한 이유이다.

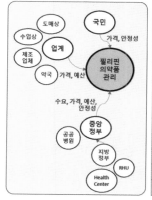

이해관계자			역할, 관심사항, 특기사항
L1	L2	I3	
국민			의약품 구입, 가격, 안전성
중앙정부			예산확보, 가격모니터링
	공공병원		수급, 투약, 보험료청구
	지방정부		예산확보
		Health Center	투약, 안전성, 수급 및 재고관리, 상급기관 보고
		RHU	투약, 안전성, 수급 및 재고관리, 상급기관 보고
업계	도매상		납품, 가격, 예산, 공급(물류), 재고
	수입상		납품, 가격, 예산, 공급(물류), 재고
	제조업체		납품, 가격, 예산, 공급(물류), 재고
	약국		투약, 가격, 재고

필리핀 의약품 관리 이해관계자 현황

필리핀에서 둘째 날 필리핀 보건부를 방문했다. 의약품 관리 담당 공무원으로부터 필리핀 의약품 관리 현황을 소개받고 이미 보낸 질의서를 바탕으로 여러 가지를 질문했다.

필리핀 사람들은 일반적으로 영어를 사용한다. 브라나 박사의 말에 의하면 필리핀은 영어를 공용어(특히 모든 문서나 책)로 사용하는 국가인데 미국의 식민지 기간(1898~1934, 약 40년) 동안 필리핀인들에게 영어를 가르치는 교육시스템을 도입했고, 필리핀에는 타갈로그어가 있지만, 모든 필리핀 사람들에게 공통적으로 사용되는 언어는 아니라고 한다. 왜냐하면 수많은 섬에 약 800개 정도의 언어가 있기 때문이다. 이러한 언어적 다양성을 해결하기 위해 영어가 공용어로 채택된 것이다. 1987년 헌법에서 필리핀어와 영어를 공동 공식 언어로 규정했다고 한다.

필리핀의 의약품 가격 공지 방법

　필리핀은 한국과 같이 의사가 의약품 판매를 할 수 없고 처방만 할 수 있다. 그런데 필리핀에서는 의약품 유통과정에 대한 관리보다는 의약품 가격 체계에 더 관심이 많다. 의약품 업자의 가격을 통제해서 서민들의 부담을 줄여 주기 위한 정책과 이를 지원하는 정보시스템을 구축해서 일반 국민에게 제공하고 있는 것이다.

　정부에서 의약품 가격 공개를 위한 웹사이트를 만들고 의약품 공급업체는 소비자가격을 그 사이트에 등록한다. 국민은 그 사이트를 참조하는데 사실 이용자는 많지 않은 것 같다. 인터넷을 자유롭게 사용할 수 있는 사람으로 한정되기 때문이다. 그래서 각 약국에는 판매하는 의약품 가격표를 매장 안에 게시한다. 만일 판매 가격과 게시한 가격이 다르면 소비자는 당국에 고발할 수 있다.

　필리핀 약국에서 처방전 없이 내가 원하는 약을 주문할 때는 약품의 이름을 말하지 않고 자신의 상태나 약품에 성분을 말한다. 예를 들어서 해열제의 경우에 '아세트아미노펜'을 달라고 주문하거나 해열제를 달라고 해야 한다. 아세트아미노펜은 가장 널리 사용되는 해열제 성분이다. 해열과 진통 작용을 하며 타이레놀, 펜잘, 아스피린 등의 약품에 주성분이다. 우리나라에서는 주로 약품 이름을 말하는데 내가 다녀 본 나라들에 약국은 대부분 약품의 성분이나 증상을 말하면서 주문하고 약사는 제조업체와 관계없이 그 성분이나 증상과 관련 있는 약을 준다.

해외 출장이 자주 있고 약국에 갈 일이 가끔 있어서 알게 된 사실이다. 모로코, 세르비아, 에티오피아, 코스타리카, 페루 모두 약국에서는 약품 이름을 말하지 않고 주요 성분이나 건강 상태를 말해야 한다. 세르비아에서는 코로나에 걸린 직원에게 약을 사 주려고 약국에 가서 타이레놀 있냐고 하니까 약사가 증상이나 성분을 되물었었다.

필리핀 약국에 게시된 가격표

필리핀 의료기관 현황

시설명칭	공공(개)	민간(개)	총(개)
보건소 (예: 바랑가이 보건소)	22,613	-	22,613
1차 의료기관 (예: 시골 보건소, 보건지소, 민간 의원)	2,593	-	2,593
조산소 (Birthing Home)	835	1,071	1,724
진료소 (Infirmary)	347	336	683
1단계 병원	333	418	751
2단계 병원	43	284	327
3단계 병원	53	67	120

(출처)2020, Philippine Health Facility Development Plan 2020-2040, Department of Health

IT 등에 메고 지구 한 바퀴

의료 관련 정보시스템 현황

필리핀 정부 차원에서 공공의료서비스를 지원하기 위한 정보시스템을 아래와 같이 파악했다.

- **PMIS**(Pharmarceutical Management Information Service): 필리핀 보건부(DOH)의 의약국에서 운영하는 내부 시스템.
- **EDPMS**(Electronic Drug Price Monitoring System): 필수 의약품의 가격 및 재고를 포함한 시장 정보를 수집하기 위한 보건부의 도구임. 수집된 정보는 최대 소매 가격(MRP) 및 권장 소매 가격(SRP)과 같은 부서의 다양한 정책 개발에 사용되는 리소스 중 하나임. 또한 정부와 소비자 모두가 의약품을 구매할 때 가이드 역할.
- **eLMIS**(Electronic Logistics Management Information System): 2021년~2023년까지 미국의 AID(U.S. Agency for International Development)에서 제공하는 의약품물류관리시스템.

의약품 관리에 관한 여러 가지 법률과 다양한 시스템들이 있지만 의약품유통관리를 위한 법률과 시스템은 없었다.

이해관계자 인터뷰

St.Lukes Hospital

셋째 날, 필리핀 시내에 있는 St.Lukes Hospital을 방문했다. 이 병원은 필리핀에서 가장 크고 시설이 좋은 민간 종합병원이다. 우리를 맞이한 사람은 그 병원에 CIO인 마셀로 박사였다. 방문 목적에 대해서는 사전에 이메일로 알렸기 때문에 마셀로 박사는 바로 본론을 시작했다. "필리핀에 의약품 관리에 대해서 정부의 관심과 투자 여력이 있어야 하지만 아직 초보적인 수준이고 준비가 부족하다"라고 말했다.

ADB, USAID[4], WHO 등 여러 국제기구를 통해 보건부가 많은 컨설팅 지원을 받고 있고, 관련 지원사업을 하고 있지만 매번 컨설팅에서 끝난다. 보건부가 컨설팅 보고서를 받은 이후 실행하지 않아서 시간과 예산만 낭비하고 있다고 한다. 마셀로 박사는 과거에 보건부에서 근무한 적이 있어서 잘 아는 듯했다.

---

4) USAID(U.S. Agency for International Development, 미국 국제개발처, 원조기관).

Kamuning Super Health Center

다음 날 퀘손시티에 지역공공보건소인 Kamuning Super Health Center를 방문했다. 보건부 자료에 따르면 필리핀은 가장 최소 단위인 바랑가이 보건소에서부터 3단계 종합병원에 이르기까지 7단계로 구분하고 있으며 Kamuning Super Health Center는 중간 정도의 진료소에 속한다고 할 수 있다.

이곳에서는 진료와 간단한 치료나 의약품을 제공한다. 인터뷰에 응한 담당자 말에 따르면 의약품 재고관리에 어려움이 있고, 보건부에 신청해도 원활한 공급을 받지 못한다고 한다.

퀘손시 바랑가이 보건소 전경

원조도 경쟁이다

   1차 방문에서 조사한 내용을 정리하고 향후 방향에 대해서 협의차 한 달 뒤에 다시 필리핀 보건부를 찾아갔다. 하지만 담당 공무원은 그다지 환영하지 않는 눈치이다. 한국의 의약품관리시스템과 유사한 의약품 재고관리를 위한 eLMIS(Electronic Logistics Management Information System)를 이미 미국의 원조로 USAID에서 구축 중이기 때문에 매우 바쁘다는 것이다. eLMIS시스템에 관해서 물어보니까 입고, 출고, 재고관리를 하는데 지역별로 창고 단위로 관리할 수 있는 기능들이다. 섬이 많은 특성상 재고관리에 어려움이 예상되지만 출하에서 판매까지 전체 유통과정을 관리하는 것은 아닌 것으로 파악했다.

   담당 공무원(국장급)에게 이러한 상황을 설명했더니 자신들은 우선 재고관리가 급하고 더 이상 사업을 진행할 여력이 없다는 것이다. 당초에 정부 간에 외교 절차를 거쳐서 진행하는 것인데 참 난감한 일이다. 실무자의 협조가 미온적이면 정상적으로 추진하기는 어렵다. 그런데 원조가 무상(증여)이든 유상(차관)이든 수혜국 입장에서는 거저나 다름없지만, 제공하는 국가는 서로 경쟁 관계다.

퀘손시청

퀘손시 건강 진료소

특히 유사한 내용으로 원조를 제공하는 경우는 더 그렇다. OECD 회원국 가입 조건과 개발원조위원회(DAC)의 규칙에 따라서 회원국은 위원회에 약속한 원조 금액을 모두 집행해야 한다. 만일 약속을 못 지키면 외교상 뭔가 문제가 생기는 모양이다. 원조는 기획 단계에서부터 그 진행 과정에 오랜 시간이 필요하다. 통상적으로 국가 간에 협의하는 기획 단계가 2년 정도 걸리고 실제 집행은 프로젝트의 규모에 따라서 아무리 빠르게 진행해도 3년~10년 정도 걸린다. 공여국과 수혜국 모두 공공조직이기 때문에 서로 간에 절차를 따르다 보면 그렇게 오래 걸린다.

그리고 각 원조 대상국에 파견 근무 중인 원조기관 직원들은 매번 새로운 원조 대상을 발굴해야 하므로 서로 간에 협조와 수혜국에 지원을 위한 경쟁이 생기는 것이다. 여기에서 수혜국 고위직 담당의 협조는 필수조건이다. 필리핀의 경우 마셀로 박사의 말대로 컨설팅 보고서보다는 실제 사용할 수 있는 시스템 구축을 원하는 것이다. 사업 기간에 5명의 필리핀 공무원이 한국에 견학을 위해서 1주일간 방문했었지만, 사실 이번 사업에 영향력이 있는 공무원은 아니었다.

당초에 외교 문서로 합의한 사항에 대해서 집행에 어려움이 있으면 이유야 어떤 것이든 간에 국가 간에 곤란한 일이 생길 수도 있다. 필리핀에서 거의 형식적으로 최종 보고회를 마치고 귀국해서 보고서를 마무리했다. 최종 보고서에 필리핀의 의약품 유통을 관리하기 위해서는 각 의약품에 고유 식별자가 필요하다. 이를 위해서 관련 법률을 개정할 것을 권고했고 정보시스템 개발을 위한 제반 기능 요건을 개념적으로 설계했다.

추후 작업으로는 구체적인 컨설팅을 통해서 예산과 추진 방안을 실행할 것을 권고했지만, 필리핀 당국의 협조가 없이는 불가능한 일이라서 아쉬움을 남기고 프로젝트를 마무리했고, 이 사업을 주관한 한국의 보건복지부와 건강보험심사평가원은 ASEAN 국가 중에 다른 국가를 다시 섭외하기로 그 방향을 정했다. ASEAN 회의에서 한국의 보건복지부 장관이 회원국을 대상으로 약속한 것이기 때문에 반드시 지켜야 하는 것이다.

○

1만 7천 섬나라,
인도네시아

인천공항에서 인도네시아 수도 자카르타 부근에 수카르토 하타 국제
공항까지 약 7시간 30분 만에 도착했다.

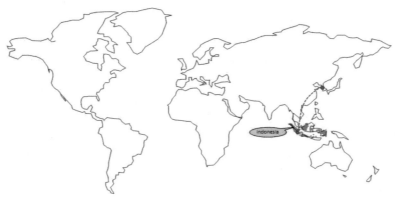

지도상 인도네시아 위치

출국할 때도 8월에 더운 여름이었는데 여기도 만만치 않게 무더운 날
씨다. 다행히 우기는 아니고 건조하기 때문에 그늘만 가면 시원하다. 인
도네시아는 세계에서 4번째로 인구가 많고(약 2.6억 명) 약 17,500개의 섬
으로 이루어져 있고, 이 중 6,000여 개가 사람이 거주하고 있는데 나머지
는 무인도라고 한다. 전체 인구의 80% 이상이 이슬람교도이지만 천주
교, 기독교, 불교 신자가 서로 다툼 없이 사이좋게 살고 있다고 한다. 인
당 GDP는 2008년 처음으로 2천 달러를 돌파한 이후 2010년 3천 달러,
2019년 4천 달러를 넘어섰다. 글로벌 조사기관 스태티스타에 따르면 인
도네시아의 1인당 GDP가 2023년 5천 달러를 돌파한다고 한다. (출처: 한
국개발연구원, 2023.08)

IT 등에 메고 지구 한 바퀴

인도네시아 전자정부 수준

2022년 UN E-Government Survey Report에 따르면 전체 190개 국가 중에 인도네시아는 77위의 위치에 있으며 EGDI는 0.716, OSI는 0.7644, TII는 0.6397, HCI는 0.7438로 발표했다.

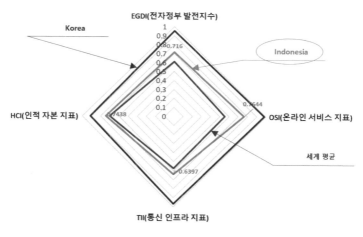

인도네시아 전자정부 수준

중소기업 개발 센터의
IT 인프라 구축 지원에 관한 사업

인도네시아 프로젝트는 한국의 원조로 인도네시아에 중소기업 전자상거래를 위한 웹사이트 개발과 인도네시아 대학에 사이버대학시스템 구축을 위한 타당성 조사를 진행하는 일이고, 나는 인도네시아 정부의 중소기업개발센터를 위한 IT 인프라 구축 부문을 맡았다.

그런데 대사관 직원이 나에게 현지 사람들과 접촉에 주의해 달라고 부탁을 한다. 뇌물이나 기타 불미스러운 일이 생기지 않도록 특별히 당부하는 것이다. 가끔 있는 일이지만 시스템 규격이나 예산을 산정할 때 현지에 공무원들이 현지 사업자들과 함께 나에게 자신들에게 유리하도록 청탁하는 일이 있다. 한국에서 시스템 개발 사업 발주가 나가기 전에 미리 영업하는 것이다. 물론 전혀 만나지 않을 수는 없다. 시장조사와 견적을 받기 위해서는 현지 업체의 협조가 필요하기 때문이다.

아니나 다를까 이 사업의 인도네시아 측 책임자인 중소기업 협회장 자카리아 우스만 씨가 식사를 같이하자고 했지만, 여러 차례 정중하게 거절하고 일을 진행했다.

IT 등에 메고 지구 한 바퀴

이번 원조 사업은 인도네시아 전역에 산재해 있는 중소기업의 발전을 위해서 설립된 중앙본부 CD-SMEs[5], 지역 CD-SMEs, SME센터에 대한 IT 인프라와 그에 관련된 인력개발을 위한 가상훈련센터 및 교육훈련 지원 프로그램의 구축으로 기업의 부가가치 증대, 국제시장 진입의 촉진, 기술의 공유 등을 그 목적으로 시작했다.

한국 정부가 인도네시아 정부에 제공하는 사업의 내용은 다음과 같다.

■ SME 센터 및 지역 CD-SMEs의 IT 인프라 구축

- 중소기업센터(SME Center) 21개소에 대한 IT 인프라 구축
- 시범 프로젝트의 9개 SME 센터에 유용한 IT 인프라와 통합 지역 중소기업 개발센터(Regional CD-SMEs) 30개소의 IT 인프라 구축
- PC 470대, 서버 6set, 네트워크 및 부속설비 설치

■ Virtual Training Center 관련 소프트웨어 개발 및 Contents 개발

- 가상교육 안내, 교육훈련 운영, 교육훈련 정보 관리
- 디지털-라이브러리, 통신-자문, 통신-교육 등의 기능이 포함한 시스템
- On-line 교육/훈련을 위한 IT 교육 Contents 개발

■ IT 교육/훈련 프로그램 지원 및 지식 전수

- Off-line 교육 및 훈련에 대한 지원
- 인도네시아 및 한국에서의 교육/훈련 실시
- 국내외의 선진 기법에 대한 세미나 시행에 대한 지원

---

5)   CD-SMEs(Center for Development-Small and Medium-sized Enterprise)

인공위성시스템의 불편한 진실

홈페이지의 구조는 가능한 동영상, 큰 파일이나 고해상도 사진은 배제하도록 했다. 인도네시아는 유선통신보다는 인공위성 기반에 무선을 더 많이 사용하는데 전송 속도가 느려서 이를 설계에 반영하는 것이다. 섬이 워낙 많기도 하고 유선통신을 사용하기 위한 기반 투자가 부족하기 때문이다. 물론 그 이유가 맞겠지만 나는 그것이 전부가 다는 아니라고 생각한다. 인공위성은 대부분 선진국에서 올리고 그 사용료를 받는다.

그래서 정부에서 유선통신망을 늘릴 계획을 하고 있으면 그 선진국에 통신사들이 각종 로비로 방해하기 때문에 유선통신망의 확대가 어려울 것으로 나는 추측한다. 왜냐하면 무선통신 사업자가 내는 세금을 생각하면 유선통신망 구축도 정부의 예산으로 충분하게 가능할 것으로 생각하지만, 현실은 그렇지 못한 모양이다.

반면에 한국의 경우 1990년도 중반에 이동 통신사업자로부터 매출의 일부를 정보화 촉진 기금으로 징수하고 이를 기반으로 유선통신망 확대, 이동통신 연구개발, 소프트웨어 사업 촉진 등에 활용했고 그 금액은 연간 약 1.5조 원에 달했다. 이 기금이 인터넷 초고속망을 구축했고, 스마트폰이 전 세계를 주름잡은 그 기반을 제공했다고 볼 수 있다.

한국의 경우 3,348개 섬 중에 유인도 472개에 주민 84만 명이 살고 있는데 대부분 해저케이블로 통신선이 연결되어 있고 인터넷 또한 원활하고 사용하고 있다. 한국은 인구가 적은 섬에도 해저케이블을 설치해서 주민들이 통신을 자유롭게 이용하고 있는 것은 각 통신사로부터 징수한 정보화촉진기금을 활용한 것으로 알고 있다. 정부의 정보 격차 해소 정책 덕택일 것이다.

나는 이러한 선순환의 구조를 인도네시아 정부도 반영해서 실효성 있는 정책을 적용하면 좋겠다고 생각했다. 인공위성 체제는 결국 데이터 제공 속도에 영향을 주고 결국 정보서비스의 질에도 깊은 관계가 있다. 이러한 현상은 인도네시아뿐만 아니라 대다수 개발도상 국가가 처한 현실이다.

인공위성을 이용하는 인터넷 사용료는 가정집에서 개인이 내기에는 꽤 비싼 금액이므로 아마도 사업자가 이를 이용하면서 각 개인에게 재분배하겠지만, 한국에 일반적으로 사용하는 5GB에 비하면 다양한 멀티미디어 서비스를 하기에는 너무 느린 속도다.

인도네시아의 CD-SMEs 프로젝트

　인도네시아에 CD-SMEs 프로젝트는 한 달 동안 1회만 방문해서 그 일을 완성해야 하므로 눈코 뜰 새 없이 바빴다. CD-SMEs는 지리적 조건을 고려하여 중앙본부 중소기업 개발센터, 지역 중소기업 개발센터, SME 센터 이렇게 3단계의 조직으로 구성되었다.

SMES 센터가 있는 건물

　인도네시아 정부가 한국 정부에 요청한 것은 전국에 있는 최하부 중소기업 중소기업 센터(SMEs Center)가 있는 공단(공단이라기보다는 중소 공장이 많이 모여 있는 곳) 중에 몇 곳에 인터넷 전자상거래 사이트 구축을 위한 것이었다. 자카르타, 반둥, 세마랑 등 주로 자바섬 지역 공장 지대였다. 이 공장 지대에, 정부에서 관리하는 사무실에 방문해서 서버, 네트워크 설치가 어느 정도 가능한지 확인하는 것이 첫 번째 일이었다.

CD-SMEs Virtual Training Center

며칠 동안 10여 곳을 가 보았는데 그중에 몇 군데는 전혀 준비가 안 돼 있었다. 전기 시설과 별도의 공간이 없어서 서버와 네트워크 설치가 불가능한 곳이다. 게다가 이를 운영할 인력도 없다. 이러한 경우는 부득이 제외해야 하고 예산도 반영할 수 없다. 건물은 공단 관리 건물도 있었지만, 은행 사무실도 있었다. 은행 사무실은 은행에서 중소기업 지원을 위해서 제공하는 것이라고 한다.

직물공장 방문

　준비가 비교적 잘된 곳은 서버와 네트워크 장비 놓을 방에 크기와 네트워크 공사를 위한 거리 등을 측정했다. 챙겨간 레이저 거리 측정기가 열일했다. 현장 실사를 마치고 웹사이트 구축을 위한 설계를 시작했다. 인도네시아 측에서는 전자상거래를 원했지만, 아직 인터넷신용결제시스템이 발달하지 못해서 인터넷에서 물건을 팔고 사는 거래는 어렵고 각 회사에서 생산되는 제품에 대해서 홍보하는 것으로 그 방향을 잡고 담당자와 협의했다. 그 담당자도 동의했고 회사와 제품을 홍보하는 홈페이지를 설계했다. 공통 프레임을 설계하고 회사마다 특성에 맞추어서 콘텐츠를 올릴 수 있도록 했다.

중국 식당 찾기가 어려운 자카르타

점심을 먹으려고 사무실에서 나와서 부근을 돌아보았다. 매번 먹던 현지식보다는 오늘따라 자장면이 먹고 싶어서 중국 식당 간판을 찾아보았다. 자장면은 없겠지만 비슷한 것이라도 있겠지 싶어서 길을 걸어가며 아무리 봐도 빨간색 리본 달린 중국 식당 간판이 안 보인다. 할 수 없이 숙소 호텔에서 중국 식당을 본 기억이 나서 다시 호텔로 갔다.

식사를 주문하면서 직원에게 이 동네는 중국 식당이 없느냐고 물어보니까 많다고 한다. 간판을 못 보았다고 하니까 웃으면서 중국어(漢文)로 된 간판을 내걸면 세금을 많이 내야 하니까 큰 식당이 아니면 간판을 내거는 집이 별로 없다고 한다. 그런가 보다 하고 식사를 마치고 사무실로 돌아가서 일을 계속했다.

대사관 직원과 저녁 식사 약속이 있어서 그곳에서 만난 직원에게 아까 있었던 일을 말했더니 그 직원의 말에 의하면 인도네시아에 원목, 석유 등 대부분의 천연자원은 서양 국가들이 차지했고, 국내에 상권은 대부분의 화교가 장악하고 있는데 문화마저 빼앗기기 싫어서 인도네시아 정부가 그렇게 한 것이라고 한다. 한국 정부가 과거에 화폐개혁을 한 이유가 화교들의 지하자금을 양성화시키기 위한 조치였던 것이 기억났다.

IT 등에 메고 지구 한 바퀴

한국전쟁 참전에 보답

　서버 등 기자재와 홈페이지 구축을 위한 예산 산정을 위해서 현지 시장 조사에 나섰다. 주로 인도네시아 정보통신부 직원의 소개로 사업자를 만나서 견적을 받는 과정이었다. 기자재는 한국에서 가져와야 하지만 랜 케이블 등 부속 자재는 현지 구매하고 공사도 당연히 현지에 맡겨야 한다.

　공사와 홈페이지 개발은 PM만 한국 사람으로 하고 개발자는 인도네시아 프로그래머를 활용하기로 했다, 여러 회사 사람을 만나기도 하고 전자상가에 가 보기도 했다. 정보통신부 차관이 사업자를 소개해 주기도 하는 등 여기저기 인맥을 통해서 나에게 접근하고 있었다. 그중에는 한국인 사업자도 있었다. 원조 예산이 20억 원인데 인도네시아 환율로는 200억에 가까운 돈이라서 그렇게 관심이 많은가 보다.

　밤늦도록 머리를 싸매고 예산 산정을 하던 어느 날 나이가 지긋한 중소기업 협회장 자카리아 우스만 씨가 내 사무실로 찾아왔다. 이번 사업에 책임자 역할을 하는 중요한 위치에 있는 사람이다. 그리고 내가 일하는 사무실도 그분이 운영하는 의류 회사에서 제공해 준 것이다. 협회장은 옆구리 끼고 온 오래된 앨범을 내 책상에 올려놓고 나서 할 이야기가 있다고 한다. 사실 나는 그 협회장과는 사이가 썩 좋지는 않았다. 서버와 네트워크 설치 불가능한 곳을 내가 제외한 것 때문에 서로 갈등이 있었기 때문이다. 협회장이 나보고 그 앨범을 열어 보라고 해서 의아해하면서 한 장씩 넘겨 보았다.

인도네시아 중소기업 협회장(가운데)

그 앨범에 사진들은 전쟁터를 배경으로 한 병사들의 사진이었다. 몇 장을 넘기다 보니까 태극기가 있는 사진도 있었다. 아! 한국전쟁 사진이었다. 협회장이 설명했다. '여기에 사진들이 바로 나입니다.' 그때 18살이었는데 돈을 벌 욕심으로 전쟁터에 갔었다고 한다.

서울에 대해서도 추억을 이야기했다. 인도네시아는 전쟁물자를 위주

IT 등에 메고 지구 한 바퀴

로 지원해 주었는데 물자와 함께 파견을 갔었다고 한다. 나는 정말 고맙다고 하면서 협회장이 왜 갑자기 이런 이야기를 할까? 하고 궁금했다. 혹시 내가 제외한 곳에 대한 재검토를 부탁하려는 것 아닐까? 나의 우려를 무시하고 협회장은 이야기를 이어 갔다.

'1960년대부터 1980년대까지 아시아에는 세 마리의 용이 있었다. 인도네시아 수하르토, 필리핀 마르코스, 한국 박정희 이렇게 세 명의 지도자가 20여 년 동안 같은 시기에 독재를 하면서 수하르토는 국가에 자원(석유, 목재)을 모두 팔아서 개인이 착복했고, 마르코스 역시 개인의 축재에만 신경을 쓰고 국가 발전에는 등한시한 탓에 지금 같이 나라가 다 망가졌고 가난해졌다. 반면에 한국에 박정희는 같은 독재 기간에 나라를 체계적으로 발전시켜서 과거에 인도네시아와 필리핀으로부터 지원을 받던 한국이 이제는 거꾸로 원조해 주는 나라가 된 것이다.'

협회장은 이야기를 계속하다가 결론으로 이어 갔는데 아니나 다를까 내가 제외한 세 군데 서버실에 대해서 재검토를 바란다는 것이다. 자신이 책임지고 이번 주말까지 서버 설치가 가능한 곳으로 공사하거나 위치를 바꾸겠다는 것이다.

예산을 줄여서 설계하지 말고 모두 반영해 달라는 것이다. 나는 잠시 고민했다. 사실 세 군데 서버실을 제외하게 되면 당초에 국가 간에 약속한 20억 원보다 예산이 줄어들기 때문에 그 예산은 이미 다른 분야 설계에 배정한 터라 어찌해야 할지 난감했다. 연로한 한국전쟁 참전 용사가 이렇게까지 부탁하니 말이다.

결국 나는 그렇게 하자고 동의했고 다만 이번 주말까지 서버실을 완성하고 다음 주 월요일에 방문해서 확인하겠다고 협회장과 합의했다. 이윽고 월요일이 돼서 현지 세 군데를 다시 방문했다. 협회장의 약속대로 두 군데는 원래 건물에 서버실 공사를 했고 나머지 한군데는 다른 건물에 공사한 것을 확인했다. 이제 예산 구조를 바꾸는 일만 남았다. 협회장은 서둘러서 사무실로 가려는 나를 붙잡고 저녁 식사를 같이하자고 해서 할 수 없이 자리를 함께했다. 그곳에는 정보통신부 국장도 있었다. 꽤 비싸 보이는 식당이었다.

식사를 마칠 무렵에 나는 화장실을 가는 척하면서 카운터에 가서 먼저 식대를 지불했다. 나중에 이를 알고 협회장은 무척이나 난감해했지만, 나는 그 옛날 한국전쟁 참전용사에게 감사의 뜻이라고 말했다. 3일치 출장비를 한 끼의 식대로 지불했지만, 마음은 편했다.

한 달간 예정된 프로젝트 말기에 서버실 문제 때문에 지체되어서 며칠간 밤늦도록 고생했지만, 인도네시아 정보통신부 장관과 주 인도네시아 한국 대사가 참석한 최종 보고회에서는 나와 협회장 모두 만족해했다.

1단계 기초설계를 완성했으니까 내년에 2단계 개발과 동사를 하면 CD-SMEs에 업무 효율 향상, 중소기업의 매출 증대, 양 국가 간에 IT 교류와 외교 성과가 있기를 바라면서 가벼운 발걸음으로 귀국길에 올랐다.

커피의 나라,
에티오피아

에티오피아 프로젝트를 위해서 인천공항에서 비행기에 몸을 실었다. 두바이까지 10시간 정도 비행하고 두바이 공항에서 5시간 대기하고 다시 약 7시간 비행해서 수도 아디스아바바 부근 볼레 공항에 도착했다.

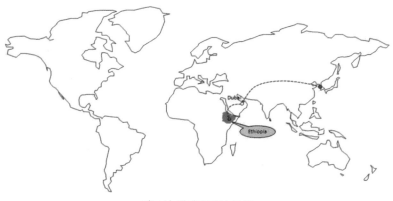

지도상 에티오피아 위치

아프리카는 56개에 다양한 국가로 구성되어 있다. 아프리카를 3등분으로 본다면 이집트, 리비아, 알제리, 모로코 등 사하라사막 이북 지역은 아랍풍인데 실제로 아랍계 인종으로 구성되어 있고, 사하라사막 이남 서쪽에 에티오피아, 케냐, 짐바브웨, 남아프리카 공화국 등과 동쪽에 모리타니부터 가나, 나이지리아, 앙골라 등은 전통적인 흑인으로 구성되어 있다.

사하라사막 이남지방 아프리카를 동쪽과 서쪽으로 나누게 된 것은 영국과 프랑스가 아프리카 식민지 영토 문제로 싸울 때 로마 교황이 그렇게 나누어 주었다고 한다. 그래서 동쪽은 영국이 지배하고 서쪽은 프랑

IT 등에 메고 지구 한 바퀴

스가 지배하게 되어서 이 두 지역에서는 공식 언어는 각각 영어와 프랑스어를 사용하고 있다. 지금도 아프리카 곳곳에서 내전이 일어나는 이유 중의 하나가 이렇게 영토를 해당 지역에 오랫동안 유지해 오던 문화와 부족에 구별 없이 영국과 프랑스가 일방적으로 국가 경계선을 만들었기 때문이라고 하는데 따지고 보면 꼭 그렇지만은 않은 것 같다. 이들은 그 이전에도 부족 간에 싸움이 늘 있었기 때문이다.

하지만 에티오피아는 타국으로부터 오랜 기간 식민지로 지배받은 적은 없고 다만, 5년간 이탈리아의 침략으로 점령을 당한 적은 있었다. 아프리카 연합 본부가 이곳에 위치해 있는 에티오피아 수도 아디스아바바(Addis Ababa)는 새로운 꽃이라는 에티오피아 말이다. 과거 서기 1세기에 악숨 왕국에서 출발한 수도는 내전을 겪으면서 수차례 이전했고 19세기 말에 셀라세 황제가 지금의 아디스아바바를 수도로 정했다고 한다.

에티오피아 전자정부 수준

    2022년 UN E-Government Survey Report에 따르면 전체 190개 국가 중에 에티오피아는 179위의 위치에 있으며 EGDI는 0.2865, OSI는 0.373, TII는 0.1501, HCI는 0.3364로 발표했다.

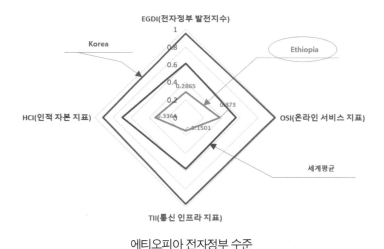

에티오피아 전자정부 수준

    에티오피아 전자정부 평가 점수는 10년 전이나 지금이나 별 차이가 없다.

나 어릴 적 모습 아디스아바바

　어수선하고 무질서한 공항을 나와서 숙소로 가는 차창 밖에 모습은 가난한 나라의 모습 그대로였다. 작은 판잣집 같은 양철 지붕의 집들이 많이 보였고 시내에 들어서자 구걸하는 사람들이 자주 눈에 띄었다. 간간이 헐벗은 모습의 걸인이 길가에 아무렇게 누워 있는 모습들도 보였다. 1960년대 나 어릴 때 모습 그대로였다. 에티오피아에 총인구는 1억 2천만 명, 인당 GDP는 1,027USD이다. (출처: 한국 외교부, 2022) 우리나라 1960년대 경제 수준이다.

에티오피아인의 주식 인젤라 그리고 커피

밀전병 같은 인젤라

    숙소로 향하는 차 안에서 이런 곳에서 전자정부는 어떻게 시작해야 하는지를 생각하는 동안에 호텔에 도착했다. 짐을 풀고 저녁 식사를 위해서 식당으로 간 나는 이 나라 전통 음식인 인젤라를 시켰다. 동행한 팀원들이 그걸 또 어떻게 먹느냐는 질문에 '이 나라 음식에 익숙해져야 문화를 배우지.'라고 답했다. 출국하기 전에 주한 에티오피아 대사의 초청으로 대사관에서 그 인젤라를 먹어봤는데 마치 한국에 밀가루 밀전병 같이 후물거리는 것을 손으로 찢어서 집고 다른 것(고기 등)을 싸서 먹는 것이다. 물론 손은 깨끗이 씻었지만, 손가락으로 음식을 먹는 것이 익숙하지 않은 나에겐 무척이나 힘든 식사였다. 하지만 그냥 그렇게 먹었다.

에티오피아 인젤라

문제는 그 인젤라라고 하는 밀전병이 시큼한 맛도 나고 냄새도 나는데 마치 밀전병 상한 맛과 비슷한 것이다. 처음에는 도저히 먹을 수 없을 정도로 그 맛이 역겨웠지만 예의상 억지로 먹었고 어떤 팀원은 바로 화장실로 갔었다.

나는 전세계 어디를 가나 한국식당은 별로 가지를 않고 그 나라 전통음식을 즐긴다. 한국에서 맛볼 수 없는 그 나라 음식들은 나에게 큰 즐거움을 주기도 하고 새로운 경험을 하게 해 주기 때문이다. 맛은 천차만별인데 특히 에티오피아 인젤라는 내 평생 기억에 남을 만한 음식이다.

시차 때문에 잠을 설치다가 간신히 잠이 들었는데 새벽녘에 갑자기 확성기에서 큰 소리가 나서 깼다. 나중에 알았는데 이슬람 사원에서 코란경을 읽는 소리라고 한다.

호텔에서 아침 식사를 마치고 이 프로젝트의 에티오피아 측 주관 부처인 재정경제부로 가는 길에 차창 밖에 십자가나 예수님 그리고 성모님의 성화를 파는 가게를 보게 되었다. 이곳에 오기 전에 에티오피아 국가 전반적인 사항에 대해서 공부했는데 이 나라는 에티오피아 정교와 이슬람교가 상존하는 나라라고 알고는 있었지만 이슬람교와 정교(내가 알고 있는 카톨릭) 간에 분쟁은 없는지 궁금했다.

난생처음 맛본 에스프레소

도착 다음 날 아침 이번 사업에 주무 부처인 에티오피아 재정경제부에 도착해서 차관을 중심으로 담당 공무원 그리고 한국 측 컨설턴트 간에 인사를 나누고 있는데 나이가 많아 보이는 전통의상을 입은 여직원이 들어와서 나에게 먼저 종이를 내밀었다.

그 종이에는 바둑판의 선이 그어져 있고 왼쪽 상하로 번호가 있었고 상단에는 커피, 차, 물 등의 글씨가 좌에서 우로 적혀 있었다. 그 여직원이 나보고 1번부터 선택하라고 해서 차관부터 선택하라고 차관에게 주었더니 내가 손님이니까 나부터 하라고 해서 별생각 없이 커피를 선택했다.

음료수 선택지

	Coffee	Tea	Warter	Milk	-
1	○				
2					
3					
4					
5					

10여 명 모두가 돌아가면서 선택했고 서로가 이야기를 나누는 중간에 2명이 쟁반에 음료수를 가지고 들어왔다. 그 쪽지에 적힌 대로 본인이 선택한 음료수를 탁자에 놓아주었다. 이 방식은 간단하지만 매우 실용

적이다. 대부분 경우에는 한꺼번에 탁자에 내려놓거나 일일이 다시 물어보고 주는 경우가 대부분인 것에 비하면 말이다.

문제는 내 앞에 놓인 커피였다. 먼발치로만 보던 에스프레소였다, 작은 잔이었는데 마치 간장 종지같이 손잡이가 없다. 냄새는 고소했지만 얼마나 쓴맛일까? 처음엔 감히 손도 못 대었지만 차관과 이번 프로젝트에 대한 이야기를 나누는 동안에 무심결에 그 커피를 다 마셨다. 그런데 차관이 나를 보고 '당신 커피를 좋아하는군요.' 하면서 키폰으로 한 잔을 더 시켜 주었다. 그리고 나에게 커피 마시는 방법을 설명해 주었다.

커피는 마시는 것이 아니고 음미하는 것이라는 것이었다. 처음에는 향만 맡고 두 번째 혓바닥 끝으로 조금씩 음미를 하다가 물로 입을 가신 다음에 다시 처음부터 또 음미해야 커피의 제맛을 즐길 수 있다고 하는 것이었다. 그렇게 했더니 처음에는 쓴맛만 느꼈지만, 차츰 고소한 맛을 느낄 수 있었다.

에티오피아는 세계 최초로 커피가 발견된 나라이다. 여러 가지 문헌에 따르면 에티오피아의 카파주에 자생하는 커피나무의 열매를 염소들이 먹고 이상한 행동을 보이자, 목동 칼디가 그 열매를 먹어보고 그 맛과 향에 매료되었다는 전설이 있다. 아마도 카페인 탓으로 추정된 이 전설은 850년경에 일어났다고 전해지며, 에티오피아에서는 커피가 오래전부터 차를 마시는 문화로 발전했고 몸살 감기와 같은 병에도 가정 치료제로 사용한다고 한다.

커피는 에티오피아에서 아라비아반도로 전해진 후, 이슬람 문화권에서 빠르게 퍼져 나갔다고 한다. 16세기에는 유럽에 전해졌으며, 이후 유럽의 식민지(남미, 베트남, 인도네시아 등)로 전파되면서 오늘날 전 세계인의 사랑받는 음료로 자리 잡았다고 전해지고 있다. 그래서 지구상에 커피는 에티오피아의 기후와 해발이 비슷한 곳(평균 온도는 18°C~28°C 사이 건조한 날씨에, 해발 700~2,000m의 고산지대, 북위 25°와 남위 30° 사이의 영역)에서 재배하고 있다.

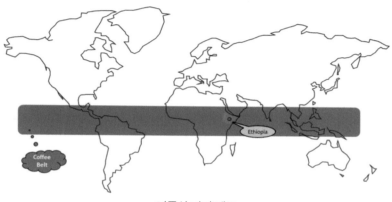

지구상 커피 벨트

에티오피아의 커피를 마시는 문화는 우리나라에 차도에 관한 옛 풍습과 비슷하다. 전통적인 커피가게도 있고, 길거리에서도 커피를 파는데 바닥에는 체프라고하는 곡식(인젤라의 원료)의 잎과 꽃이 깔려 있는 곳도 있다. 손님이 자리에 앉으면 우선 숯불에 불을 붙이고 커피 생두를 프라이팬에 볶는다. 다 볶아지면 그 불에 도자기 주전자에 물을 담아서 올려놓고 물이 끓으면 그 물에 볶은 커피를 넣고 끓인다. 그리고 손잡이가 없

IT 등에 메고 지구 한 바퀴

는 작은 도자기 잔에 따라서 준다. 그래서인지 맛이 약간 텁텁하다. 커피 원두 종류는 예가체프 등 여러 가지이지만 커피를 마시는 것은 오직 한 가지 방식으로 중탕을 해서 마신다.

시간이 오래 걸리는 것이 문제이지만 나름 정서적이기도 하다. 그런데 커피를 파는 사람이 커피잔을 주면서 뭐라고 말을 한다. 에티오피아 말이라서 알아듣지는 못했고 동행한 에티오피아 사람에게 물어보니까 '이 한 잔의 커피로 근심 걱정을 잊으세요.'라는 뜻이라고 한다. 물론 전통 커피집이나 길거리 좌판에 커피 파는 곳에서 들을 수 있는 말이고 현대식 커피숍에 종업원들에게서 들을 수 있는 말은 아니다.

에티오피아 전통 카페 　　　　주한 에티오피아 대사관 커피 세레모니

그런데 에티오피아 커피 농장은 대부분 서방국가들이 점유하고 있다

고 한다. 게다가 종자에 대한 재산권(특허권)을 보유하고 있어서 에티오피아가 천 년 전부터 보유하고 있던 대부분 종자가 남의 나라 것이 된 것이다. 현지인의 말에 의하면 에티오피아인들이 스타벅스, 네슬레 등의 기업을 재산권(특허, 상표)분쟁으로 인해서 강제로 추방했다고 한다. 그래서 커피의 원산지인 에티오피아에는 그 흔한 스타벅스 커피숍이 없다.

커피 로스팅과 포장을 하는 아디스아바바 가내 공장

IT 등에 메고 지구 한 바퀴

에티오피아 첫 프로젝트 주제는
전자정부와 신발피혁

　이번 프로젝트는 두 가지 주제로 구성되어 있다. 한 가지는 전자정부 마스터플랜을 수립하는 것이었고 다른 한 가지는 신발피혁에 가죽가공 기술을 전수하는 것이었다. 주제별로 2명씩 모두 4명으로 구성해서 진행했는데 나는 PM 겸 IT 부문을 맡았다. 서로 전혀 다른 두 가지 분야에 과제를 관리해야 하는 PM의 역할이 어렵기는 했지만 신발피혁 분야는 부산에 있는 한국신발피혁연구원에 전문가가 알아서 잘 진행했다.

　하지만 나는 PM이라서 신발피혁에 대해서 기초지식은 알아야 했기에 신발피혁연구원의 도움으로 상식 수준의 공부를 해야만 했다. 덕분에 가죽 처리 공정에 대한 개념과 나이키, 아디다스와 같은 유명 상표 신발은 대부분 한국과 대만에서 제작한다는 사실도 이때 알게 되었다.

　정보통신부를 방문해서 전자정부 국장인 머스핀 박사와 프로젝트 범위와 대상 그리고 방법에 대해서 협의했다. 전자정부 마스터플랜을 수립하기 위해서 내가 필요한 정보와 진행 방법을 설명하면서 혹시 과거에 이와 유사한 프로젝트를 한 적이 있느냐고 물어보니까 2년 전에 딜로

이트컨설팅 인도지사의 지원을 받아서 컨설팅을 받은 적이 있다고 하면서 그 컨설팅 보고서를 보여 주었다.

머스핀 박사의 설명이 끝나고 나서 나는 '이 자료에 따르면 굳이 내가 똑같은 일을 반복할 필요는 없고 이 중에 구체화하고 싶은 것이 있으면 말해 달라.'고 했다. 머스핀 국장은 흔쾌하게 동의하면서 e-Office와 ERP를 원했다. e-Office는 조직 내 의사소통을 위한 것으로서 우리나라에서는 전자결재 혹은 그룹웨어, 사내 포털 등으로 불리고 있는 시스템이다. 전 세계적으로는 e-Office system이 많이 쓰이는 이름이다.

e-Office의 기초설계를 해 주기로 하고 ERP는 여러 기능이 있는데 어떤 기능이 필요하고 어디에 사용할 것인지를 물었다. 주로 회계 기능이 필요하고 중소기업을 지원하기 위한 것이라고 한다. 두 가지를 병행하기에는 인력과 시간이 부족하므로 우선은 e-Office에 집중하기로 했다.

에티오피아 정보통신부 건물 앞에 필자

IT 등에 메고 지구 한 바퀴

이들은 전자적 의사소통 도구인 이메일을 Gmail, Yahoo 등 사기업의 메일을 사용하고 있었다. 공공 업무를 수행하면서 사설 이메일을? 게다가 다른 나라의 제품을 사용하는 것이 우려가 되었지만, 사실은 우리나라도 90년대에는 모든 공무원이 daum 이메일을 많이 사용하던 시절이 있었다. 90년대 후반에 들어서서 정부 전용 전자결재시스템(이메일 포함)을 개발하여 사용하기 시작했고 후에 행정망이라는 정부 전용 보안 네트워크를 구축하여 사용하고 있다.

내부현황분석에서는 에티오피아 공무원의 전자적 의사소통 체계와 전자문서관리 실태를 조사했다. 전자적 의사소통 체계는 이메일을 주로 사용하였고 별도의 내부 시스템은 없었다. 그나마 정보통신부만 자체 이메일 시스템을 사용하고 있는데 너무 느리고 자주 중단이 되어서 원활하게 사용할 수 없다는 것이 문제였다.

1차 출장기간 동안 착수보고회와 프로젝트의 방향, 범위 및 대상에 대한 협의와 현지 컨설턴트 계약 등 준비과정을 마치고 귀국길에 올랐다.

세계 최고 수준의 육상선수가 많은 나라 에티오피아

에티오피아 2차 방문을 위해서 출국 준비를 하는데 마침 대한항공에서 케냐 직항 노선이 생겨서 그 항공편을 이용했다. 인천공항에서 케냐 나이로비까지는 14시간 정도 비행했지만, 에티오피아 아디스아바바까지는 약 2시간 정도 거리였다.

에티오피아는 아프리카에서 가장 오래된 역사를 가진 국가이다. 기원전 1000년경, 에티오피아의 북부 고지대에 솔로몬왕과 시바 여왕의 아들 메넬리크 1세가 세운 '아크소움 왕국'이 등장으로 역사가 시작되었고 1세기에는 기독교를 받아들여 아프리카 최초의 기독교 국가가 되었다고 한다.

솔로몬왕은 기원전 971년부터 기원전 931년까지 이스라엘 왕국을 다스린 왕이므로 에티오피아도 이스라엘 민족과 깊은 관계라고 할 수 있다. 구 이스라엘은 오늘날 팔레스타인의 영토에 있었고, 시바는 에티오피아와 아덴만을 사에 둔 예멘의 영토에 위치한 나라였다. 에티오피아에는 에티오피아계 유대인들이 거주하고 있다고 하는데, 이들은 이스라엘의 유대인들과 같은 조상을 가지고 있다고 할 수 있다. 지금의 이스라엘 영토를 결정할 때 에티오피아에서 땅을 주겠다는 제안을 한 적도 있었다고 한다.

에티오피아 북부는 고산 지대이고 수도 아디스아바바는 해발 2,500m 지점에 있는 고원 도시로 처음 공항에 내리면 머리가 약간 어지럽고 숨이 차는 정도이다. 며칠 뒤에 주 에티오피아 한국대사관을 방문했는데 대사님의 집무실은 3층이었다. 그런데 2층도 못 올라가서 숨이 차는 것을 느꼈다. 이런 환경에서 사는 사람들의 특징인지는 모르겠지만 특히 육상 경기에 강해서 세계 육상 경기에 항상 좋은 기록을 자랑하고 있다. 특히 매번 올림픽 마라톤 등 육상 경기에서 메달권에 있다.

IT 등에 메고 지구 한 바퀴

타디스 선수는 2023 서울 마라톤 우승. 2시간 05분 27초, 2023를 주파했고, 대구 국제마라톤대회에서는 에티오피아 남녀 우승 등을 기록했다. 그 이전에도 올림픽 마라톤에서 여러 차례 금메달을 수상한 바가 있고, 1992년 황영조 선수가 바르셀로나 올림픽 경기에서 2시간 13분 23초로 금메달을 차지한 것에 비하면 정말 대단한 사람들이다.

고산지대라서 그런지는 모르겠지만 길거리에 다니는 사람들을 봐도 뚱뚱한 사람은 별로 없고 모두 날씬한 편이다. 그리고 피부는 엷은 초콜릿 색깔이고 얼굴은 계란형으로 남녀 모두 잘생겼고 가까운 이집트 사람들과 비슷하게 닮았다.

2차 방문에서는 에티오피아의 네트워크와 IT 기반 현황분석을 보완하기 위해서 설문 조사와 담당자 인터뷰를 진행했다.

에티오피아는 유선보다는 무선 네트워크 기반의 통신 인프라가 더 많이 구축되어 있으며, Worda Net이라는 정부의 네트워크 망이 있는데 주로 전국 각 지역에 지방정부 등에 인공위성망으로 구성되어 있다. 광케이블을 구축할 예산이 부족한 탓이다. 어쨌든 공공 업무를 전자적으로 수행하는 데 동영상과 같이 큰 파일이 없다면 무리는 없어 보인다. 에티오피아 정부에 e-Office 시스템이 없으므로 한국의 발전과정과 사례를 중심으로 해서 에티오피아 정부의 현실에 맞도록 그 Gap을 분석했다.

내가 할 일은 에티오피아 공무원들이 사설 이메일 사용을 하루 빨리

탈피하고 최신의 기술과 제도를 적용하도록 권고하는 것이었다. 특히 전자문서 관리는 행정 문서의 이력 관리와 공유 측면에서 매우 중요하다는 것을 강조했다.

죄수를 해외 공사현장에 인부로?

한국대사님의 차로 산업부를 함께 방문하는데 옆에 앉은 대사님이 창밖에 전철 공사를 하고 있는 황색 작업복에 동양인을 가르치면서 누군지 아느냐고 나에게 물어보았다. 옷에 한문이 써 있는 걸로 봐서 중국인인 것은 알겠는데 건설기사 같지는 않았다. 잘 모르겠다고 하니까 죄수라고 한다. 중국에서 아디스아바바를 관통하는 전철 공사에 죄수를 투입해서 공사한다는 것이었다. 인건비를 얼마를 주는지는 모르겠지만 숙식 제공과 공사가 끝나면 에티오피아 현지에 사면조치를 하고 이 죄수들은 에티오피아에서 정착하고 산다는 것이었다. 어처구니없는 일이지만 아프리카 도처에 이런 일들이 벌어지고 있다고 한다.

대부분 MDB[6]에서 발주를 하는 이러한 사업은 아마도 공사입찰에서 인건비가 거의 0원에 가깝기 때문에 저가 수주가 가능할 것이다. 하지만 죄수를 공사에 투입하니까 사회적으로도 심각한 문제가 생기고 있다고 한다. 중국인들에 대해서 에티오피아 현지인들에게서 들은 이야기 중에 이들 중국 인부 때문에 강도, 폭행, 매춘이 증가하고 있고 특히 차이나타

---

6) MDB(Multilateral Development Bank, 다자개발은행), World Bank, Asia Development Bank, Inter American Development Bank 등.

IT 등에 메고 지구 한 바퀴

운 부근에는 가지 않는다고 한다.

고가전철 공사 현장(CREC/China Railway Engineering Corporation, 중국철도공사)

한국에서 ODA 관련 국제세미나에 참석한 적이 있는데 세계 각국에서
온 강연자들과 패널들이 입을 모아서 중국의 해외 사업 참여 형태에 대
해서 심각한 문제가 있다고 이구동성으로 말한 것이 기억났다.

아디스아바바에 정육점은 냉장고가 없다

아디스아바바에 정육점에는 냉장고가 없다. 해발 2,500m에 연중 서늘
한 날씨와 건조하기 때문이다. 냉장고뿐만 아니라 에어컨이나 그 흔한

선풍기도 필요가 없을 정도로 늘 선선한 가을 날씨다.

냉장고가 필요 없는 에티오피아 정육점

그리고 이곳 사람들은 육회를 즐겨 먹는다. 하지만 함부로 먹으면 각종 기생충에 건강을 해치거나 심지어는 사망에 이른다고 한다. 한국 사람은 에티오피아 사람들의 면역 체계와 다르기 때문이다. 그런데 결혼식장에서는 소를 몸통째 걸어두고 하객들이 원하는 부위를 잘라서 주기도 한다. 그래서 결혼식의 규모는 소를 몇 마리 걸었는지에 따른다고 한다.

멜리스 제나위 총리의 서거

3차 방문 기간에 에티오피아 멜리스 제나위 총리가 서거했다. 지병으로 유럽의 벨기에 병원에 입원해 있다가 병세가 악화돼서 사망한 그는 소련이 해체하는 바람에 군사 원조가 끊긴 사회주의 멩기스투 정권을

1991년 붕괴시키고 5년간 대통령을 맡았다가 이후 정부체제 변경을 통해서 수상으로 20년 동안 장기 집권을 하고 있었다.

멜리스 총리는 아프리카 지도자 중에서 특히 한국에 많은 관심을 보였던 수상이고, 한국의 과거 경제 발전을 모델 삼아 경제개발 정책을 추진해 최근 수년 동안 10%대 이상의 경제 성장을 이끌었다고 한다. 한국에는 2차례 방문한 적이 있고, 한국의 공업과 농업 발전에 많은 관심과 지원을 요청했다. 나는 직원들과 함께 조문을 다녀왔다.

멜리스 총리 장례식장

한국전쟁 참전 용사들의 안타까운 이야기

에티오피아는 아프리카 대륙에 56개 국가 중에 이집트와 함께 고유 문자를 사용하는 나라이며 아프리카 연합 등 주요 단체들이 있는 국가이지만 안타깝게도 너무나도 가난하다. 하지만 에티오피아는 과거에는 우리나라보다 더 잘살았었고, 아프리카 그 머나먼 곳에서 한 달간 배를 타고 한국전쟁에 수천 명의 군사를 5차례로 나누어서 파병한 국가다. 주로 춘천 지방에서 많은 활약했고 그곳에 전쟁 고아를 위한 고아원도 세워 준 고마운 나라다. 그런데 전쟁이 끝나고 고국으로 돌아간 용사들은 에티오피아가 공산주의 정권으로 바뀐 뒤 모진 핍박을 받게 된 것이다. 대부분 고문을 당하고 감옥에 가거나 처형되었고, 재산은 몰수됐다. 그 자녀들도 교육받을 기회를 박탈당했다고 한다. 이 프로젝트에 현지 컨설턴트 필크레 박사는 국적이 캐나다이다. 한국전쟁 참전 용사였던 아버지가 자식을 캐나다로 피신시킨 것이다.

사회주의가 몰락하고 한국과의 국교가 다시 정상화된 후에 한국정부는 아디스아바바에 참전 기념탑과 기념관을 세우고 여러 가지 지원을 하고 있다. 내가 이곳에 온 이유도 한국 정부의 그러한 지원사업 중의 하나다. 기념관을 떠나면서 근무자에게 100달러를 봉투에 넣어서 감사의 뜻으로 주었더니 너무나 고마워했다. 100달러면 10만 원 정도이지만 이곳에서는 적은 돈이 아니다.

초청연수로 한국 춘천에 있는 에티오피아 한국전 참전 기념관에 방

아디스아바바에 한국전쟁 참전 기념탑

문을 한 에티오피아 정보통신부 직원이 한국전쟁에서 에티오피아 군대
는 치열한 전투에서 한 번도 패한 적이 없는데 그 이유를 아느냐고 나에
게 물었다. 매우 용맹했었다는 것은 들어서 안다고 했더니 사실은 그게
아니고 육회를 좋아하는 에티오피아 병사들이 적군의 시체 사이에 죽은
소를 칼로 베어 먹는 모습을 멀리서 망원경으로 지켜보던 북한군이 아
프리카에서 식인종이 왔다고 착각하고 소문이 퍼지면서 에티오피아 국
기만 보면 도망갔다고 한다. 물론 농담이겠지만 사실 에티오피아 군사

들이 용맹하게 싸우고 고아원도 세워 준 보답으로 춘천에는 에티오피아 한국전 참전 기념관이 있고 춘천시는 아디스아바바시와 교류하면서 그들의 후손을 장학생으로 초청하고 있다고 한다.

춘천 한국전쟁 참전 기념관

디지털 도서관

에티오피아 주재 한국대사님의 소개로 아비 아머드 알리(2018~현 수상) 국회의원을 만나게 되었다. 과학기술위원장인 그분은 나에게 디지털 도서관을 건립하고 싶다고 했다. 에티오피아는 종이를 생산하지 못해서 책값이 비싸고 학생들이 제대로 공부하기가 어렵기 때문에 태블릿 같은 IT 기기가 필요하고 더 나아가 디지털 도서관이 필요하다는 것이다.

며칠 전에 아디스아바바 대학교에 갔을 때 학생들이 책을 들고 있는 모습을 별로 보지 못했고 수업 중인 교실에도 학생들의 책상에 책을 가진 학생이 별로 없었다. 주변 책방에서는 모든 책을 진열장 안에 넣어 놓

IT 등에 메고 지구 한 바퀴

고 자물쇠로 잠근 것을 보고 특이하
다고 생각했는데 도난 방지 때문이라
는 말을 들은 기억이 났다.

이곳에 고위직 공무원의 월급이 약
40만 원 정도인데, IT 관련 책 가격이
180비르(약 4,300원)이다. 이곳의 물가
를 고려하면 학생이 사기에는 무척
비싼 가격이다.

서점 진열장에 보관된 책

아디스아바바 국립대학교 정문

IT 책 가격 180비르(약 4,300원)

이곳에서 강의하고 있는 한국인 교수의 말에 따르면 이러한 문제들 때문에 학생들의 학습 능력이 떨어져서 수업 진행에 어려움이 많다고 한다.

디지털 도서관을 설계하기 위해서는 많은 시간이 필요하다고 그 상원의원에게 설명했고, 한 달 정도 후에 기초자료를 작성해서 주겠다고 했다. 당초에 예정된 일은 아니지만 이들에게 도움을 주고 싶었고 ODA 사업을 하는 나의 입장에서는 또 다른 프로젝트 기회일 수도 있기 때문에 한국에 와서 틈틈이 작성했다. 개략적으로 디지털 도서관의 기본 개념과 기능 그리고 인프라를 설계했고 약 70억 원 정도로 구축에 필요한 예산을 산정했다.

작성된 계획서를 그 상원의원에게 이메일로 보냈고 고맙다는 답신을 받았다. 이것이 실행에 옮기기까지는 많은 시간이 필요하다. 에티오피아 정부의 자체 예산으로는 어렵고 원조를 받아야 하는데 각국에 원조기관이나 UN, MDB에 원조를 요청해야 한다. 복잡한 외교 절차를 밟아야 하므로 약 3년 정도가 소요된다. 잘되기를 바랄 뿐이다.

최종 보고회

프로젝트 시작한 지 약 10개월이 지났고 그사이에 다섯 차례 걸쳐서 에티오피아를 방문했다. 그동안 외교부, 재경부, 산자부, 정통부, 농림부, 투자청, 피혁연구소, 피혁협회, 표준원, 신발공장, 피혁공장 등을 방문했다.

보고서를 완성했고 최종 보고회를 위해서 다섯 번째 방문했다. 정보통신부와 산업부 장관과 차관을 비롯한 관련 공무원과 기업체 직원 약 100여 명, 그리고 한국대사와 KOTRA 직원을 초청해서 최종 보고회를 성황리에 개최했다.

참가자를 위한 기념품은 한국에서 기념 타올을 가져갔는데 부피 때문에 포장 박스를 접은 상태로 가져갔고 호텔방에서 5명이 기념 타올을 포장하는 작업을 했다. 100여 장을 포장하는데 생각보다 시간이 오래 걸렸고 같이 간 팀원들에게 미안한 마음이 들기도 했지만, 인기가 좋아서 모자랄 정도였다.

호텔방에서 보고회 기념 타올 포장

에티오피아는 목화 재배지가 많고 세계에서 10번째로 큰 목화 생산국
이라고 한다. 하지만 공장이 별로 없기 때문에 수건이 귀하다고 해서 가
져간 것이었다. 지난번 방문에서 호텔에 수건이 꽤 오래된 것을 보고 기
념 타올을 생각한 것이었다.

최종보고서 중에 전자정부 분야는 주로 e-Office 시스템과 ERP 그리
고 IT 산업 발전을 위한 관련 법 제정과 인력개발을 위한 정책 제언을 했
다. 전자정부 분야를 발표한 나는 에티오피아가 소프트웨어 산업을 발
전시켜야 하는 이유를 두 가지로 설명했다.

첫째, 에티오피아 정부의 네트워크는 마치 고속도로에 우마차가 다니
는 것과 같이 넓고 빠르게 다닐 수 있는 도로에 차가 없어서 우마차가 다
니는 형상과 같다고 표현했다, 그 이유가 네트워크를 활용할 수 있는 소

프트웨어가 없다는 것이었고 특히 정부의 공공 업무를 외국에 이메일 시스템을 사용하는 문제를 지적했다. 이것은 비단 국가 보안의 문제뿐만 아니라 일반 상용 네트워크를 사용함으로써 예산의 낭비와 네트워크 병목현상에 따른 업무 지연 등의 문제가 있다고 말했다.

네트워크는 도로와 같아서 차들이 원활하게 다닐 수 있도록 만든 것인데 차가 없으니 한적할 수밖에 없고 그 차는 소프트웨어를 비유한 것이다. 정부의 업무를 위해서 설치된 네트워크를 놔두고 상용네트워크에 상용이메일을 사용하는 것부터 시급하게 개선해야 한다고 권고했다.

둘째는 에티오피아에 각종 산업을 발전시키기 위해서는 기본적으로 제철소, 석유 화학 공장, 발전소 등 많은 기간 산업과 SOC 투자가 필요한데 재원의 부족으로 어려움이 있으므로 대규모 투자가 필요 없는 소프트웨어 산업에 투자할 것을 권고했다.

이것은 에티오피아가 1억 명 이상의 인구와 고유 문자를 가지고 있고 특히 영어를 일반적으로 사용하고 있으므로 소프트웨어 산업발전에 좋은 기반이 조성되어 있다고 할 수 있어서 인도의 소프트웨어 산업 모델을 참고해서 동부 아프리카와 중동 지방 소프트웨어 시장 진출 기회로 착안한 것이다.

참고로 에티오피아가 수천 년 전부터 고유 문자와 언어를 가지고 있는데 영어를 일반적으로 잘하고 있는 이유는 수많은 종족의 언어 간에 의사소통을 원활하게 하기 위한 것이기 때문이라고 한다. 기존에 사용 중인 언어 중에 한 가지를 강제화하면 다른 언어를 사용하는 부족이 반기를 들기 때문이었다고 한다. 현재 에티오피아의 공식 언어는 암하라어이며 1994년 헌법 5조 2항에 "암하라어는 연방정부의 업무 언어이다."라고 규정하고 있다. 하지만 1억여 명 중에 암하라어를 사용하는 인구는 약 3,500만 명 정도이며 오로모어 3,000만 명, 소말리어 600만 명 정도라고 한다. 그 외에도 종족 수가 무려 80여 개나 된다고 하니까 의사소통에 문제가 있을 만도 하다.

최종보고회

보고회가 끝나고 어떤 나이가 많아 보이는 백인이 나에게 다가와서 잠깐 이야기하자고 한다. 자기는 호주에서 온 컨설턴트인데 에티오피아 산업부에 컨설팅을 하고 있고, 산업 DB 구축을 위한 일이 있다고 하면서 자신은 IT에 대해서 잘 모르는데 내가 IT 전문가이니까 일해 볼 생각이 없냐는 것이다. 물론 나는 한국에 산업자원부에 수년간 산업 DB를 설계한 적이 있기 때문에 가능할 것이라고 했더니. 그분은 나를 UN에 추천해 주겠다고 했다.

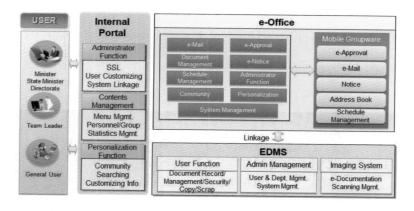

에티오피아에 제시한 e-Office 개념도

그분의 나이를 물어보니까 73살이라고 한다. 한국에서는 그 나이에 일하는 것이 어려운 일이지만 해외에 나가 보면 그 정도 나이에 일하는 사람들을 흔하게 볼 수가 있다. 특히 컨설팅이라는 일이 경험적 지식이 중요한 것이니까 젊은 컨설턴트의 능력이 아무리 뛰어나도 폭넓은 시야와 깊은 경험적 지식을 펼치는 것이 어려운 것만은 사실이다.

일반적으로 컨설팅 업계에서는 시니어 컨설턴트와 주니어 컨설턴트

사이에 중간 레벨은 호칭이 없다. 왜 그런지는 모르겠지만, 이는 컨설팅 업무의 특성상 주니어 컨설턴트는 기본적인 컨설팅 방법론과 기술을 습득하고, 시니어 컨설턴트는 이를 바탕으로 프로젝트를 주도하고 고객을 관리하는 역할을 수행하기 때문이라고 생각한다.

보고회가 끝나고 전자정부 국장 머스핀 박사의 초대로 전통 식당에 초대를 받았다. 극장식 식당이어서 전통 춤을 구경하면서 식사했다. 물론 흐물흐물 두루마리 인젤라였다. 이젠 제법 익숙해져서 흰색보다는 더 고소한 갈색 인젤라의 맛을 좋아하게 되었다.

두루말이 인젤라 요리 세트

IT 등에 메고 지구 한 바퀴

식당 입구에서 커피 서비스를 하는 모습

귀국길에 두바이 공항에서 한국행 비행기를 기다리는 동안 노트북을 열고 일하는 중에 UN 에티오피아 사무국에서 이메일이 왔다. 아까 호주에 그 컨설턴트가 말했던 산업DB 설계에 대해서 대략적인 설명과 함께 나에게 이력서를 요구한 것이다.

이력서를 보내 주었더니 근무 조건에 대해서 바로 답장이 왔다. 계약기간 1년, 월 11,000불, 체류비 및 항공료 별도, 한국 휴가 1개월 등이었다. 그런대로 나쁜 조건은 아니었지만, 개인으로 계약해야 한다고 한다. 그래서 아쉽지만 포기했다. 회사 계약도 아니고 혼자서 하기에는 영어실력이 부족했고, 특히 혼자서 영문 보고서를 쓰기는 더욱 더 어렵다.

한국에 돌아와서 에티오피아 정보통신부에 머스핀 국장의 요청에 따라서 e-Office 구축을 위한 제안요청서(Tender)[7]를 작성했다. 3개 부처에 시범으로 구축할 예산은 있으므로 즉시 구축하고 싶어 한 것이다. 그리고 한국에서도 입찰에 참여해 줄 것을 요청받았다.

나는 Tender를 작성하면서 국내에 e-Office 관련 업체를 수소문해서 에티오피아 사업에 참여 가능성을 타진했고 몇 개의 업체가 관심을 보였다. 그리고 설치 및 유지보수를 위해서 에티오피아에서 만났던 IT 업체와도 연락했고 그 중에 1개 업체와 MOU를 체결했다. 공동입찰에 참여시키기 위한 것이었다. 이윽고 완성된 Tender를 에티오피아에 보냈고

---

7) Tender(우리나라에서는 IT분야의 제안요청서를 RFP(Request For Proposal)이라고 하는데 대부분의 국가는 Tender라고 한다.)

얼마 후에 머스핀 국장으로부터 입찰공고를 띄웠다는 연락을 받았다.

에티오피아 IT 업체에게 그 Tender를 구매해서 나에게 보내 달라고 요청했다. 우리나라에서는 공공조달에 RFP는 무상으로 공개하지만 에티오피아는 큰 금액은 아니지만 일정 금액을 받고 Tender를 제공해 준다. 이번의 경우에는 한화로 약 5,000원 정도였다.

그런데 에티오피아 IT 업체로부터 이메일로 전달받은 Tender를 보고 크게 실망했다. 내가 작성해 준 Tender가 아니었기 때문이다. 머스핀 국장에게 어떻게 된 것이냐고 이메일로 물어보니까 내가 보내준 Tender를 실무직원(아베베 과장)에게 주었고 그 직원이 일부 수정을 한 것이라고 했다. 하지만 일부가 아니고 많은 부분이 수정된 것이다. 에티오피아 IT 업체가 설명한 바에 따르면 그곳에 지사가 있는 중국의 화웨이에서 영업했다고 한다. 결국 포기할 수밖에 없었지만 참 아쉬운 일이었다. 그 Tender의 내용은 내가 생각하는 패키지 소프트웨어와는 거리가 멀었다.

이번 일이 2억 원 정도의 적은 금액이었지만 모든 공공기관에 확산하면 꽤 큰 금액이 될 수도 있었기 때문이다. 우리나라에서 소프트웨어를 수출하는 것이 쉬운 일은 아니지만 패키지 소프트웨어의 수출은 해 볼 만한 가치가 있다고 나는 늘 생각한다.

두 번째 프로젝트는 GIDC 설계

1차 프로젝트가 끝난 지 1년이 지나서 다시 에티오피아에 2차 프로젝트를 하게 되었다. 정부의 통합 IT 센터(GIDC: Government Integrated Data Center)에 대한 타당성 검토와 기본 설계를 하는 것이었다. IT뿐만 아니라 건축 및 전기 등 각종 설비를 설계해야 하므로 건축 분야 전문가도 사업에 참여했다.

출국은 얼마 전부터 에티오피아 항공이 인천-홍콩-아디스아바바 직항 노선을 개설해서 이를 이용했다. 홍콩 공항에서는 2시간 정도 체류를 했는데 비행기에서 내리지는 못하고 기내에서 대기해야 했다. 그 이유는 모르겠지만, 홍콩 기후가 매우 덥고 습기가 많아서 후덥지근했는데 비행기에 전원 공급을 안 해서 에어컨도 안 켜진 상태로 2시간 동안 힘든 시간을 보낸 끝에 기내 청소 후에 중국인들이 탑승하고 나서야 다시 이륙했다.

에티오피아에 도착해서 새롭게 바뀐 정보통신부에 아비옷 전자정부국장과 회의를 했다. 아비옷국장은 서울대학교에서 장학생으로 석사과

정을 마친 사람이다. 에티오피아 데이터센터 구축 방안(두 가지 방안)에 대해 협의했는데,

- 첫째, 각 기관 서버를 에티오피아 데이터센터(GIDC)로 이관시키고 운영에 필요한 관리 체계 등을 수립하는 방안

- 둘째, 현재 각 기관에서 운영 중인 서버를 그대로 활용하되 데이터센터를 백업으로 활용하는 방안

아비옷 국장은 첫 번째 방안을 원했고 Green IDC 및 Cloud Service, Smart(Mobile) Service 구축 방안도 같이 수립해 달라는 요청을 받았다. 그래서 나는 정부 부처에서 사용 중인 정보자산에 대한 현황 조사를 위한 협조를 요청했다.

인터넷 카페

에티오피아의 네트워크를 조사하는 과정에서 인터넷 카페(PC방) 현황도 조사를 했다. 몇 군데 방문했었는데 속도가 매우 느리지만 일반 국민들은 나름대로 즐겨 찾는 모습을 볼 수 있었다. 주로 청소년들이 게임을 즐기고 있었고 일반인이 메일 등을 보는 모습도 간간이 보였다. 속도가 느린 이유는 인공위성을 사용하기 때문이다.

전국에 정부 건물은 Woreda-Net이라고 하는 위성통신으로 연결되어

있고, 건물 내부는 광케이블이 설치되어 있어서 건물 내부에 네트워크
는 빠르지만 외부와의 네트워크는 느릴 수밖에 없다. 일반 국민들도 인
공위성을 사용하는데 그 인공위성으로는 빠른 속도의 제공에 한계가 있
다. 그리고 가격도 비싸기 때문에 빠른 속도나 넓은 대역폭을 기대하기
는 어려운 형편으로 보였다. 심지어 호텔에서 제공하는 인터넷은 사용
할 수가 없을 정도여서 유료로 산 모바일 데이터를 사용하지만 이것조
차도 한국과 영상통화는 불가능하다.

아디스아바바 거리에 인터넷 카페

　　　　　　　　　　　　　IT 등에 메고 지구 한 바퀴

한국 초청 연수와 영국인 통역사

　에티오피아 관련자를 대상으로 1주일간 한국에 2차례 초청연수를 했다. 중간 보고회를 겸해서 행사를 했는데 중간 보고회는 부산에서 했고, 유엔기념공원도 방문했다.

유엔기념공원에 에티오피아 국기 앞에 선 에티오피아 담당자

　이들은 한국에서 연수를 하는 동안 기업과 공공기관 등 여러 곳에 방문했고 한국 정부 공무원과 여러 차례 회의도 했다. 그런데 통역사가 영국인이었다. 모두들 처음엔 의아하게 생각했는데 영국에서 한국학을 공부했고 한국에는 5년 전부터 와서 살고 있다고 한다. 한국어가 유창하고 농담도 잘해서 거의 한국인 수준이다. 특히 삼겹살을 쌈 싸 먹고 소주 한 잔 걸치는 모습이 너무나도 자연스러웠다.

한-영 통역사는 영국인(왼쪽 끝)

에티오피아 공무원들의 요청에 따라서 저녁식사 후에 남대문 시장을 찾았다. 모두 6명이었는데 나와 회사 직원 한 명이 같이 따라다니다가 1시간 뒤에 만날 카페를 알려 주고 그 카페에서 기다렸다. 이윽고 에티오피아 사람들 5명은 약속시간에 왔지만 나머지 1명이 30분이 지나도록 오질 않았다. 모두들 카페에서 기다리라고 하고 어두운 남대문 시장 골목에 있을 그 사람을 찾아봤지만 얼굴이 까만 데다가 그날따라 아프리카에서 온 사람들이 많아서 도무지 분간하기가 어려웠다. 부득이 부근에 있던 경찰에게 부탁을 하고 다시 카페로 돌아왔다. 얼마 후에 경찰이 겁에 질린 표정에 흑인 한 명을 데리고 카페로 들어왔는데 우리 일행은 아니었다. 그 사람에게 물어봤더니 자기는 케냐에서 왔는데 경찰이 가자고 해서 왔다고 한다. 1시간 넘게 걱정하던 중에 에티오피아 그 사람이 들어왔다. 시간이 이렇게 지났는지 몰랐다는 것이다. 모두들 양손에

IT 등에 메고 지구 한 바퀴

는 검은 비닐봉지에 하나 가득 시장에서 산 물건들이 들려 있었고, 나는 그 사건 이후로 저녁에는 아프리카 사람들을 데리고 남대문 시장에 두 번 다시는 오지 않을 것을 결심했다.

에티오피아 총리 관저에 정부의 데이터 센터

에티오피아 국가 정보화 추진현황 확인과 7개의 정부 기관의 정보자산 실태 조사, 운영 현황 및 문제점을 분석하여 GIDC 구축 방향을 도출하기로 했다. 26개 정부 부처를 모두 갈 수는 없었기 때문에 정보통신부를 비롯한 연방정부, 국가데이터센터(NDC), 교육부, 무역부, 농림부, 외교부를 차례로 방문했다.

정보통신부의 전산 기계실은 별도로 없었고 NDC에 있다고 해서 그곳부터 방문했다. NDC는 총리 관저 안에 있었는데 경비가 삼엄해서 출입 절차가 매우 까다로웠지만 늘 내전에 시달리고 있는 에티오피아이기 때문에 이해가 되었다.

기관총을 들고 있는 경비대원들 사이를 몇 차례 지나고 NDC 건물에 어두운 복도를 지나서 기계실을 들어가니까 역시 어두운 실내에 10여 개의 서버 Rack이 있었다. 일하는 직원에게 서버에 어떤 시스템이 있느냐고 했더니 정부 포털과 몇 개 부처의 홈페이지, 공공기관 이메일 서버, 은행 뱅킹 서버 등을 운영하고 있다고 한다.

비상 발전기와 UPS를 보고 싶다고 했더니 안내를 해 주어서 가봤지만, 비상 발전기는 아주 오래되어 보였고 최근에 사용한 흔적이 없었다. UPS마저도 적은 용량에 역시 오래되어 보였다. 비상 발전기를 사용한 적이 있느냐고 직원에게 물었더니 고개를 흔든다.

에티오피아는 수력발전 의존도가 높고 정전이 자주 생기는 편인데 이러한 정전 사고에 서버가 문제없느냐는 나의 질문에 총리 관저는 정전 사고가 거의 없다고 한다. 그리고 NDC는 고위 공무원의 화상회의 장소로도 활용하고 있다고 한다.

서버는 정부 기관 홈페이지용 서버(80대), 뱅킹 서버는 국민들이 환율을 조회할 수 있는 서비스 제공하며, 운영은 은행에서 하고 있다. 20개 정부기관 이메일 서버를 운영하고 있고, 운영 인력은 3~4명이 교대로 운영하고 있을 정도로 열악한 실정이다. 에티오피아 각 지역에 11개의 지역 데이터센터가 있는데 상황실은 구축되어 있으나 현재 운영은 하고 있지 않다고 한다.

NDC 운영지침 및 관리 체계 등이 전무한 상태여서 주먹구구식으로 운영하는 실정이다. 담당자의 의견에 따르면 Server, Network 등을 Management 할 수 있는 시스템이 필요하고 운영 인력의 충원이 필요하다고 한다. 3년 동안 하루도 쉬지 못할 정도라고 하는데 약 200대의 서버를 3~4명이 운영하고 있으니까 그럴 만도 했다.

무역부에 방문해서 서버실에 갔는데 작지만 매우 깨끗하고 서버랙은 한 개였다. 서버에 어떤 시스템이 있냐고 물었더니 아무것도 없다고 한다. 그런데 왜 불을 다 켜 놓고 공조기도 켜 놓고 있느냐고 하니까 손님들이 온다고 해서 켜 놓은 것이라고 한다. 다른 부처도 비슷한 상황이었다.

7개 부처에 조사를 모두 마치고 내린 결론은 아비옷 국장의 요청대로 GIDC를 새로 건축하고 NDC와 부처에 있는 서버를 옮기는 것이었다. 총리 관저에 NDC는 출입이 자유롭지 못하고 전기 등 기반시설과 서버실이 너무 오래된 건물이라서 개보수에 어려움이 있기 때문이었다. GIDC를 건립하기 위한 부지 선정에 나섰다. 정보통신부에 아비옷 국장의 의견은 아디스아바바 볼레 국제공항 부근에 적당한 부지가 있다고 해서 가 보았다.

그곳은 에티오피아 정부가 ICT Park라고 부르는 곳으로서 정보통신 산업을 발전시키기 위해서 집적 단지를 조성하는 곳이며 현재 공사 중에 있었다. GIDC를 건립하기에 적당한 장소라고 판단하고 구체적인 설계를 시작했다. 현장 답사를 안내했던 통신 담당 테쇼매 과장은 이곳에 회사를 차리면 각종 세제 혜택과 사무실 등의 시설에 대해 지원해 주겠다고 하면서 나에게 한국의 정보통신 관련 회사에 홍보해 달라고 부탁한다.

글쎄? 이 머나먼 곳에까지 와서 사업할 만한 IT 기업이 있을까 싶지만 그렇게 하겠다고 말할 수밖에 없었다.

아디스아바바 부근에 ICT Park 공사 현장과 조감도

GIDC 구조설계와 실행 전략

ICT Park에 위치할 GIDC는 각 부처의 현황조사와 담당자 인터뷰 그리고 타 사례를 바탕으로 목표 모델을 설계했다. 이것은 최근에 회사에서 보츠와나에 설계했던 그 GIDC 모델을 참고로 했다.

정부용 데이터센터를 완성하려면 메인센터와 함께 백업센터도 함께 구축해야 하는데 백업센터 위치는 아직 정해지지 않아서 설계 범위는 두 개의 서로 다른 NDC 건물에 있는 기존 전산기계실 중 하나를 대체하는 기본 데이터센터로 설계하고, 다른 하나는 백업센터가 완성될 때까지 일시적으로 백업센터 역할을 수행하도록 했다.

IT 등에 메고 지구 한 바퀴

에티오피아 GIDC 조감도

설계는 크게 건축물과 서버실을 포함해서 통신 설비를 대상으로 했다. 건축물 설계는 건축설계 전문가가 진행했고, 건물은 지하 1층과 지상 3층으로 설계했고, 각종 부대설비와 실내 구조와 인테리어를 포함했다.

GIDC 내부 통제실 상상도

IT 분야는 나와 몇 명의 직원이 함께했는데 모든 컴퓨팅 장비는 각각의 목적을 처리하기 위해 네트워크 구조설계에 특히 신경을 썼다. 스위칭 용량이 초당 수십 테라비트가 넘는 백본 네트워크에 초고속을 적용하고 광 채널을 이용해 GIDC 내 서버나 스토리지를 연결할 예정이다. 모니터링시스템, 운영관리시스템, 보안관리시스템, 시설관리시스템이 병목현상 없이 이 공유 네트워크에 연결하도록 했다.

구조설계 결과 총 건축 비용은 역 300억 원 정도로 추산되었다. 이 정도 금액이면 무상 증여는 어렵고 차관을 도입해야만 한다. 그런데 차관은 융자이므로 원금과 이자를 갚아야 한다. 에티오피아 정보통신부 직원들과 며칠간 협의해서 GIDC 1층을 기업에 임대하는 것으로 결정했다. 이들로부터 받는 임대료로 원금과 이자를 갚는 것으로 구상한 것이다.

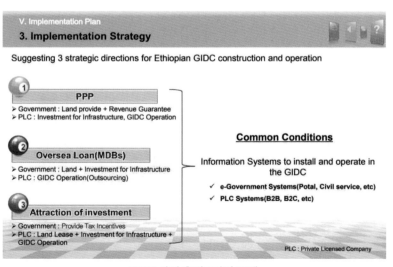

GIDC 사업 추진 3가지 모델

사업추진 전략에 1안은 PPP 형태로 민관합동 회사를 설립해서 운영하는 것이다. 정부는 토지와 세제 혜택을 제공하고 기업은 투자와 운영을 맡아서 공동 사업을 하는 것이다. 이 경우는 정부는 3층만 사용하고 임대기업은 1, 2층을 사용하는 것으로 했다.

2안은 차관을 도입하는 것이고, 3안은 에티오피아 정부가 모든 투자를 하는 것이다. 이러한 사업 전략을 구상하는 것이 GIDC 건축물과 ICT를 설계하는 것만큼이나 많은 시간과 노력이 들었다.

이렇게 3가지 안을 가지고 최종 보고회를 했고 그 의사결정은 에티오피아 정보통신부 국장에게 맡겼다. 사실 해외 차관을 얻기 위해서는 수년간의 시간이 필요하지만, PPP 전략은 투자할 기업이 있다면 1~2년 안에 시작이 가능할 것이다.

최종 보고회를 마치고 저녁 식사에 에티오피아 정보통신부 직원과 IT 기업체 10여 명을 초청해서 함께 식사를 했다. 그런데 예산이 부족해서 부득이 뷔페로 했는데 예상외로 개별 식사보다 비용이 더 들었다. 이상해서 다시 메뉴에 가격표를 확인해 봤더니 개별 주문보다 뷔페가 50%정도 더 비쌌다. 곰곰이 생각해 보니까 아마도 이곳은 인건비가 싸기 때문에 서빙에 드는 비용보다 음식 재료비가 많이 드는 모양이라는 결론을 내렸다. 아무튼 예산 작전 실패였다.

인류 최초의 조상 루시

휴일에 국립박물관을 관람했다. 가장 인상 깊은 것은 루시의 유골을 본 것이었다. 그 유골은 318만 년 전의 여성 개체에 속하는 것으로 밝혀졌다고 하는데 1974년 11월 미국 캘리포니아 대학교 버클리 대학교의 도널드 조핸슨(Donald Johanson) 박사 팀이 이끄는 탐사 조사단에 의해 발굴되었다고 한다.

아프리카에서 수백만 년 전에 인류의 유골이 많이 발견되는 이유는 잘 모르겠지만 인류의 조상이 아프리카 특히 에티오피아 지역에서 시작되었다는 말이 사실인 듯하다.

아디스아바바 박물관에 안치된
루시 유골

에티오피아는 건물 주소가 없다

완성된 보고서를 한국에서 제본해서 보내려고 에비옷 국장에게 이메일로 정보통신부 주소를 물어보았다. 받았던 명함에 주소가 이상해서 물어본 것인데 나에게 PO 박스 번호를 알려 주었다. 그제야 에티오피아는 건물별로 주소가 없다는 것을 알았다. 주소 없이 생활하는 것이 불편할 것이라는 생각이었지만 그들은 현대사회에서도 우체국에 PO 박스 번호만으로도 불편함이 없이 생활이 가능한 모양이다. 도시와 도로 이름 그리고 건물 이름이 주소 전부이다.

인터넷으로 찾아봤더니 의외로 개별 주소가 없는 나라가 꽤 많았다. 주로 개발도상국이긴 했지만, 매번 우체국에 가야 하는 번거로움이 있어도 그렇게 살아가는 모양이다. 집이 별로 많지 않은 농촌은 주소가 필요 없을 수도 있지만 도시는 그렇지 않을 텐데 말이다. 특히 건물의 재산권은 무엇을 기준으로 하는지도 궁금했다. 그리고 에티오피아의 모든 토지는 정부 소유이고 이에 대한 임대계약과 임대료를 지불하고 있다. 통상 50년~100년 정도 계약을 한다고 한다. 이러한 토지 제도는 공산주의 국가에서 볼 수 있는데 에티오피아는 민주국가로 바뀐 지 수십년이 지나갔지만 이대로 토지 제도를 유지하는 이유가 아마도 국가 재원 확보 때문에 그런 것 아닐까 생각한다.

사랑의 P/C

실태 조사를 마치고 귀국하기 전날 예정에 없던 곳을 방문하게 되었다. 머스핀 박사가 나와 함께 가 볼 곳이 있다는 것이다. P/C 수리센터라고 했지만 정확한 설명은 그곳에 가서 해 주겠다고 한다. 아침 일찍 차를 타고 아디스아바바 숙소로부터 약 2시간 정도 평원을 지나서 도착한 곳은 커다란 창고 같은 곳이었다.

창고 옆 건물에 들어서니까 그곳에서 일하는 직원이 설명을 했다. 이곳은 P/C수리도 하고 공무원들을 대상으로 P/C 수리 교육을 하는 곳이라는 것이다. 브리핑이 끝나고 창고에 갔다. 그곳에는 수리 중인 많은 P/C가 있었고 지금은 사용하지 않는 브라운관 CRT도 많이 쌓여 있었다.

머스핀 박사는 이 P/C들은 유럽에 각 국가에서 제공해 준 것이라고 하면서 한국에서도 지원해 주면 좋겠다는 부탁을 나에게 했다. 나는 그제야 이곳에 왜 나를 데리고 왔는지 알게 되긴 했지만 흔쾌하게 답하지는 못하고 노력해 보겠다고는 했다. 하지만 귀국하는 비행기 안에서 내내 고민만 했다. 한국에서 개발도상국에 P/C를 보내 준다는 소문은 들었지만, 구체적으로 어떤 곳에서 지원하고 있는지 담당자가 누구인지 모르기 때문이었다.

한국에 도착해서 수소문 끝에 한국 정보화진흥원에서 개발도상국가에 사랑의 PC 보내기 사업을 하고 있다는 것을 알게 되었고 때마침 잘 아는 분이 담당을 하고 있어서 에티오피아 사정을 이야기했다. 그래서 그분의 안내로 요청서 서식을 머스핀 박사에게 보냈고 그분 덕분에 P/C 250대를 배정받았다. 복잡한 선적 절차를 거쳐서 두 달 만에 머스핀 박사로부터 P/C가 센터에 무사히 도착했다는 메일을 받았다. 교육센터에 강사들이 좋아하는 모습이 눈에 선하다.

빅토리아 호수의 나라,
짐바브웨

비행기로 인천 공항에서 홍콩 공항까지 4시간 만에 도착해서 2시간 후에 요하네스버그 공항까지 약 14시간을 비행하고 4시간 기다렸다가 다시 2시간 만에 짐바브웨 하라레 공항에 도착했다. 총 26시간 걸린 셈이다.

지도상 짐바브웨 위치

짐바브웨는 1980년 영국으로부터 독립했고, 인구는 1,500만 명, 국토 면적은 39만km²(한반도 1.7배), 1인당 GDP 1,737USD이다. (출처: 2023. 05 주 짐바브웨 대한민국대사관)

짐바브웨 전자정부 수준

2022년 UN E-Government Survey Report에 따르면 전체 190개 국가 중에 짐바브웨는 138위의 위치에 있으며 EGDI는 0.4717, OSI는 0.3845, TII는 0.3843, HCI는 0.6463로 발표했다.

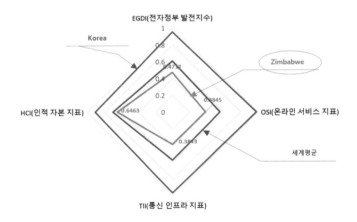

짐바브웨 전자정부 수준

상기 평가 결과에 따르면 짐바브웨는 인적자본은 타 지표보다 높지만, 정부에서 제공하는 OSI와 인프라(TII)가 부족함을 알 수 있다. 즉, 국민의 수준 대비 정부의 정보서비스와 통신 등의 인프라 부족으로 인해서 국민이 충분하게 활용하지 못하고 있다는 뜻이다.

ARIPO 특허 행정시스템

이곳에서는 한국의 원조로 ARIPO(African Regional Intellectual Property Organization, 아프리카 지역 지적재산권기구) 특허행정 전산인프라 개선 사업이 한창 진행 중이고 나는 이 사업에 품질 검토 즉, 감리를 위해서 왔다.

이 사업은 한국의 원조로 시스템 개발과 서버, 발전기 등을 제공하는 것이다. 특허의 등록과 관리하는 일을 정보시스템으로 지원하는 것이다. 한국의 특허관리시스템은 꽤 오래전부터 특허청에서 개발해서 활용하고 있는 시스템이고 현재 이곳에서 시스템 구축을 하는 IT 회사는 이 분야에 많은 경험과 능력을 보유하고 있어서 품질상에 문제는 별로 없을 것이라고 생각했다.

이 사업은 KOICA가 짐바브웨 특허청, 그리고 ARIPO와 함께 추진한 "특허 행정 전산 인프라 구축 사업"으로 추진 중이다.

ARIPO의 역사는 영어권 아프리카 국가의 특허 및 저작권에 관한 지역 세미나가 나이로비에서 열렸던 70년대 초반으로 거슬러 올라간다.

그 세미나에서는 지역 산업재산권 조직의 설립을 권고했다. 1973년에 UNECA(유엔 아프리카 경제위원회)와 세계지적재산권기구(WIPO)는 산업재산권 문제에서 자원을 함께 모으는 데 도움을 달라는 영어권 국가들의 요청에 응답하여 18개 국가가 모여서 짐바브웨 수도 하라레에 지역 조직을 설립했다고 한다.

첫날에는 프로젝트 진행 상황을 파악하고 관련 산출물 목록을 전달받았다. 소프트웨어 개발 부문과 하드웨어 설치 관련 문서들이다. 그중에는 발전기도 있어서 관심 있게 살펴봤는데 이곳도 전력공급이 불안정해서 자체 발전기가 필수품이라고 한다. 어제까지 이틀간 장시간 비행 때문에 피곤해서 일찍 퇴근해서 숙소로 가는 길에 곳곳에 크고 작은 발전기가 큰 건물마다 옆에서 시끄럽게 돌고 있고 그 매연 때문에 숨을 편하게 쉬기가 어려울 정도였다.

IT 등에 메고 지구 한 바퀴

짐바브웨 공용 화폐는 미국의 달러

호텔에서 대충 저녁 식사를 하고 곧바로 잠에 곯아떨어졌다. 선잠 끝에 아침에 일어나서 창밖을 보니까 야자수 숲 넘어 멀리 지평선이 보인다. 아프리카에 온 것이 실감이 난다. 아침 식사를 마치고 일행과 함께 택시를 타고 ARIPO 사무실로 향했다.

짐바브웨는 미국 달러를 공식 화폐로 사용하고 있다. 택시비로 5달러를 냈더니 2달러 50센트를 거슬러 주는데 1달러짜리 종이돈이 형체를 알아보기가 어려울 정도로 낡고 더러웠다. 짐바브웨가 과거에 극심한 인플레이션을 겪으면서 부득이하게 미국의 달러를 공용화폐로 채택했는데 정부가 새 달러를 바꿀 예산이 없어서 계속 사용하다 보니 이렇게 더러워진 것이라고 한다.

남의 나라 화폐를 자국의 공식 화폐로 사용하는 사실에 언뜻 이해가 안 돼서 인터넷에 찾아봤더니 미국 달러를 자국 화폐로 사용하는 국가는 파나마, · 에콰도르, 엘살바도르 등 10여 개국에 달한다고 한다.

짐바브웨 공식 화폐 미국 1달러

ARIPO 특허행정시스템 품질 검토

　다음 날부터 ARIPO 사무실에 도착해서 일을 시작했다. 개발 산출물의 품질을 검토하는 것이다. 지금은 설계 단계 말이라서 주로 제안요청서 그리고 사용자(ARIPO)의 요구사항이 명확하게 정리되어 있는지를 확인하고 누락이나 왜곡 여부를 점검한다.

　나는 감리 총괄을 하면서 사업 관리 영역을 맡았기 때문에 개발 방법론에 따른 절차와 품질 관리에 대해서 검토했다. 이 분야를 검토하면서 가장 중요하게 보는 부분이 바로 요구사항 추적 표이다. 이 추적 표를 대상으로 제안요청서 → 요구분석서 → Usecase 설계서(Actor list, Use case diagram, Class 정의서) → 기능명세서 등으로 진행하는 산출물 간에 연관성을 검토하는 것이다. 물론 사업 관리 영역에서 기본적으로 검토해야 할 범위, 변경, 일정, 자원, 의사소통, 위험, 품질 관리도 각각 중요하지만, 이러한 것을 전체적으로 파악할 수 있는 것이 바로 요구사항 추적 표이기 때문이다.

　이번 ARIPO 특허행정시스템은 한국의 특허청의 시스템을 모델로 해서 구축하는 것이기 때문에 시스템 기본 구성에 문제는 없을 것으로 판단했고, ARIPO에 요구 특성에 관해서 중점적으로 검토했다. 그것은 18 개 회원국 간에 특허정보의 교류가 원활하게 이루어질 수 있도록 설계가 되었는지 여부를 검토하는 것이다. 그래서 연계 정보의 표준화와 각 회원국이 시스템을 사용하는 데 이상이 없을 것인지 그 설계서를 검토했다. 몇 가지 오류가 발견되었고 이에 대한 시정조치를 개발자에게 요청했다.

IT 등에 메고 지구 한 바퀴

사자 동물원

이 감리는 9일간 예정되었고 지금까지 5일째 진행했다. 토, 일요일에 시간이 있어서, 11세기에 건축한 거대한 건축물이 모여 있는 그레이트 짐바브웨와 빅토리아 호수를 가 보고 싶었지만, 짧은 출장기간에 휴일이라도 1박 2일의 여정은 무리라서 포기하고 현지인의 추천에 따라서 가까운 곳에 사자 동물원을 가 보기로 했다. 호텔에서 약 1시간 정도 차로 이동해서 사자 동물원에 도착했다.

짐바브웨 사자 동물원의 사자

그 사자 동물원에 사자 수십 마리가 동물원 입구에서 서성거리고 있었다. 내 평생 그렇게 많은 사자를 본 것이 처음이다. 더 놀란 것은 철조망한 겹으로만 둘러싸여 있고 그나마도 낮고 허술했다. 다행히도 차에서는 내리지 않고 그대로 동물원으로 입장했고 사자들이 우글거리는 곳을 천천히 지나갔다. 무섭기도 했지만, 곧 익숙해졌다. 동물원 안에 안전지대로 보이는 곳에서 차가 정차하고 모두 내렸다. 이곳에서는 우리 안에 사자들을 조금 더 가깝게 볼 수 있었다.

그런데 갑자기 사자들이 철망 부근에 줄지어서 서성거리는 것이었다. 잠시 후에 먹이를 실은 트럭이 왔다. 사자들에게 먹이를 줄 시간인가 보다. 사자들은 자신들의 식사 시간을 아는 것인지 아니면 멀리서도 트럭소리나 고기 냄새를 맡아서인지는 모르겠지만 일찍부터 떼를 지어서 기다리다가 철망 우리 밖에 멈춰 선 트럭 주변으로 모여들었다.

먹이를 주는 사육사들이 트럭 위에서 고깃덩이를 던져 주니까 사자들이 너도나도 달려들어 먹이를 낚아채어 간다. 그런데 갑자기 수사자 몇마리가 다른 암사자 한 마리를 공격하기 시작했다. 처음에는 단순한 먹이 싸움이라고 생각했는데 저 멀리 끝까지 쫓아가서 심하게 공격하는 모습을 보고 TV에서 본 내용이 기억났다. 사자는 수놈이 다 먹고 나면 그제야 암놈이 먹이를 먹는다는 사실을 말이다. 아까 그 암놈이 너무 배가 고파서 잠시 위계질서를 잊은 모양이다. 아무리 그래도 그렇지, 수놈이 사냥한 것도 아니고 우리에 똑같이 갇혀서 사육사들이 주는 고기를 먹는 주제에 뭐 저렇게까지 할까?라는 생각이 들었다.

IT 등에 메고 지구 한 바퀴

아프리카 특허 제도의 불편한 진실

　아프리카 국가들은 자신들의 지적 재산권 보호를 위해서 많은 노력을 하고 있겠지만 그에 비해 특허를 소유하는 비율은 낮다고 한다. 2019년 기준 아프리카 국가들은 전 세계 특허 출원의 1.5%(4,884건)를 차지했지만, 특허를 소유하는 기업의 수는 0.2%에 불과하다. 이는 아프리카 국가들이 특허에 대한 접근이 제한되어 있기 때문이다. (출처: 세계지적재산권기구(WIPO), 2019)

　그리고 특허권을 악용하는 사례가 많이 발생하고 있다고 한다. 예를 들어, 외국 기업이 아프리카 국가의 전통 지식이나 문화를 특허로 등록하여 아프리카 지역 기업의 사업을 방해하는 경우가 많다. 이것은 공공연한 사실이고 유럽이나 미국과 같은 선진국들이 아프리카에서 생산되는 각종 자연식품 종자에 대해서 그 독점권을 행사해서 자신들의 이익을 추구하는 것이다. 이것은 의약품, 커피, 카카오 등뿐만 아니라 광물질의 채굴권에 이르기까지 광범위하다.

　결국 ARIPO와 같은 조직에 명분은 아프리카 국가들의 지재권을 보호하고 산업을 활성화하기 위한 것이라고는 하지만 사실은 선진국들이 자신의 이권을 지키는 수단이라고 할 수 있다.

　나는 내가 일을 했던 에티오피아에서도 이와 유사한 일이 있었다는 사실을 알고 있다. 에티오피아에서 옛날부터 재배해 오던 커피를 스타벅스에서 종자 소유권과 상표권 인정 요구를 에티오피아 정부가 거부하면서 비롯했다. 미국에서 벌어진 이 분쟁은 결국 에티오피아 정부의 승리로 결판이 났지만, 남의 나라에 고유 식품을 자신의 것으로 강탈하려는 식민지 사상이 엿보이기까지 한다.

2050년 인구 11억,
나이지리아

인천 공항에서 이스탄불 공항까지 11시간 걸려서 도착했고 여기에서 12시간 체류를 해야 한다. 터키 항공을 이용했는데 대기시간이 9시간이 넘으면 2가지 서비스 중에 한 가지를 선택할 수 있다. 호텔 숙박 혹은 시내 관광이 그것이다. 이스탄불은 자주 환승을 하는 곳이라 소피아성당은 꼭 가 보고 싶었지만, 매번 피곤해서 다음에 가지 뭐 하면서 호텔에서 쉬는 것이 습관이 되었는데 지금도 이것이 늘 후회된다. 내가 소피아성당을 보고 싶은 이유는 넷플릭스 시리즈 영화 〈오스만제국의 꿈〉을 보고 나서부터다. 이스탄불 공항에서 다시 나이지리아 수도 아부자 공항까지 14시간 걸려서 도착했다.

지도상 나이지리아 위치

나이지리아는 아프리카에서 인구가 가장 많은 나라이자 세계에서 7번째로 인구가 많은 나라로, 2019년 말 기준 추정 인구는 2억 6백만 명이고, 유엔은 인구성장률이 2.6%이며, 2050년이 되면 나이지리아의 인구는 10억 9,800만 명으로 전 세계에서 3번째로 인구가 많은 나라가 될 것

IT 등에 메고 지구 한 바퀴

으로 추정했다. (출처: World Population Prospects 2019, UN)

2022년 IMF 추산 명목 GDP는 5,140억 달러로 세계 28위, 아프리카 대륙 내 1위다. 하지만 극심한 빈부격차를 겪고 있으며, 1인당 명목 GDP는 겨우 $2,049로 세계 140위이다. (출처: 주 나이지리아 대한민국 대사관 홈페이지)

공항에 착륙해서 활주로에 준비된 트랩을 내려서는데 초장축 리무진이 비행기 옆에서 누군가 기다리고 있고 경찰들이 주변 경계를 서고 있었다. 아마도 정부 고위직이거나 부호인 듯하다. 어린이가 있는 것을 보니까 가족이 함께 여행한 모양이다. 관료이던 부호이던 자가용을 일반 여객기 옆에까지 두는 것으로 보고 이 나라에 가진 자의 위세와 무지함을 느꼈다.

나이지리아 전자정부 수준

2022년 UN E-Government Survey Report에 따르면 전체 190개 국가 중에 나이지리아는 140위의 위치에 있으며 EGDI는 0.4525, OSI는 0.525, TII는 0.3886, HCI는 0.4439로 발표했다.

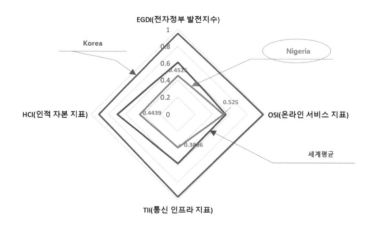

나이지리아 전자정부 수준.

상기 평가 결과에 따르면 나이지리아는 정부에서 제공하는 서비스(OSI)는 타 지표보다 높지만, 인프라와 인적자원이 부족함을 알 수 있다.

IT 등에 메고 지구 한 바퀴

즉, 정부의 서비스에 비해서 국민이 충분하게 활용하지 못하고 있다는 뜻이다. 대부분의 개발도상국가가 처한 현실이다.

나이지리아에서는 납치도 산업

나이지리아는 보코 하람(Boko Haram)이라고 하는 이슬람 극단주의 테러 조직 때문에 한국의 외교부에서는 나이지리아 전역을 항상 여행 금지와 여행 자제 지역으로 정하고 있다. 치안이 매우 불안정하고 위험한 지역이라는 뜻이다.

현지인의 말에 따르면 2021년 5월 나이지리아 북서부 니제르주 테기나의 한 이슬람 교육학교에 총을 든 괴한들이 들이닥쳐 마을 사람 1명을 살해하고 학생 150~200명을 납치해 돌아갔다. 한국인 납치 사건도 있었다. 2023년 12월 12일, 나이지리아 남부 리버스 주에서 대우건설 소속 한국인 근로자 2명이 무장 괴한에게 납치되었다. 피랍된 이들은 현지 플랜트 건설 현장에서 이동 중이었던 것으로 알려졌다. 납치 사건과 관련하여 현지 경호원 4명과 운전자 2명이 사망했고, 보름 뒤에 납치된 한국인 2명은 무사히 석방되었다고 한다.

마중 나온 나이지리아 담당자의 차로 공항에서 아부자 시내에 호텔까지 1시간 정도 걸렸는데 밤늦은 시간이라서 한가했지만 낮에는 몹시 붐

IT 등에 메고 지구 한 바퀴

비기 때문에 출국할 때는 3시간 정도 일찍 출발해야 한다고 한다.

  아부자 시내에 도착해서 호텔로 가는데 군데군데 작은 동네 같은 규모에 꽤 높은 울타리와 검문소가 있고 그 울타리 중에 한군데 호텔에 도착해서 여장을 풀고 직원들과 함께 늦은 저녁 식사를 했다. 힘든 여정이었지만 안전하게 도착했다는 안도감과 맥주 한잔의 맛이란.

  다음 날 한국 대사님과 함께 저녁 식사를 했는데 대사 전용 차량이 고급 승용차가 아니고 거의 장갑차 수준의 SUV다. 테러와 납치가 워낙 심한 곳이라서 그렇다고 한다.

나이지리아 파생 상품 시장의
운영 및 규제 방안

나이지리아에 주제는 금융 파생 상품 시장에 관한 것이었고 이 일은 KDI(한국개발연구원) 주관으로 진행했다. 파생 상품에 관한 자문과 총괄은 고려대학교 홍교수가 맡고 나는 파생금융관리시스템에 대한 부분을 맡았다.

증권 관련 IT 시스템에 대해서 한 차례 정도밖에 경험이 없어서 깊은 지식은 없던 나는 파생 상품에 대해 이해하기 위해서 출국 몇 달 전부터 이에 관해서 공부했는데 규제와 절차를 알고 나니까 그 역사와 배경까지 알게 되었다. 그리고 지인의 도움으로 파생금융관리시스템에 관한 이해를 했다.

파생상품금융시장에 대한 업무는 일반적인 주식거래보다 더욱더 ICT에 대한 의존도와 중요도가 높다고 할 수 있다. 특히, 장내거래의 경우에는 기관의 신뢰성이 중요하기 때문에 시장 형성 초기부터 ICT 개발 및 운영에 관한 준비를 체계적으로 하여야 한다. 그리고 매매하고자 하는 상품의 증거금 계산을 짧은 시간에 정확하게 해야 하므로 ICT는 더더욱

IT 등에 메고 지구 한 바퀴

필수적으로 지원을 해야 한다. 하지만, ICT 때문에 예기치 못한 사고가 발생하기도 한다.

2013년 한국의 한맥증권회사 직원이 거래시스템에 파생 상품의 이자율 입력 오류로 인하여 460억 원의 손실이 발생하였고 결국 그 회사는 파산했다. 2005년 일본의 미즈호증권회사 직원이 61만 엔짜리 주식 1주를 팔 목적이었으나 거래시스템에는 61만 주를 1엔에 매각 금액으로 입력하여 4,000억 원의 손실이 발생했다.

금융가에서는 사용자의 이러한 실수를 '굵은 손가락'(fat finger)이라고 부른다. 그래서 파생금융상품의 거래조건은 일반적인 주식 거래보다 더 정밀한 형태의 조건을 충족해야 하며, ICT의 도움이 없이는 거래의 어려움이 있는데 반해서 이러한 사고도 가끔 일어난다.

나이지리아 주식시장과
파생 상품 도입 계획

나이지리아 외환시장의 자유화

나이지리아의 자본시장은 아프리카 지역 내 두 번째로 규모가 크며, 최근 10년간 약 7배 성장하는 등 급속한 성장세를 보인다. 특히 2016년 외환시장이 자유화되어 외환선물시장을 운영되기 시작하였으며, 동시에 주식이나 금리 등에 대한 파생금융상품의 관심이 증대되었다. 이러한 상황에서 나이지리아 증권감독위원회(SEC, The Securities and Exchange Commission)는 관련된 상품 도입의 필요성 및 도입 방안을 고려하게 되었고, 한국에 정책 연구 및 자문을 의뢰한 것이다.

나이지리아 상장 주식은 166개

나이지리아 증권거래소는 주식과 채권시장으로 구성되는데, 2017년 말 현재 상장 주식 수가 166개이고(한국 2,114개), 9개의 상장지수펀드(EFT), 54개의 외화채권, 회사채 24개, 23개 국채 및 1개의 초국가채권(Supranational Bond) 등이 거래되고 있다. 나이지리아 증권거래소의 2017

IT 등에 메고 지구 한 바퀴

년 거래량은 22.1억만 달러, GDP의 0.6%에 불과하며 주식거래율은 5.9%이다.

이러한 점을 고려할 때 나이지리아 증권 산업은 규모는 작지만, 기본적인 시장구조로 되어 있는 가운데 어느 정도 다양한 증권이 거래되고 있고 기초적인 파생금융상품도 장외에서 일부 거래되고 있다. 다만 거래 금액이나 종목 등에서 매우 제한적이며, 현재 증권감독원은 이러한 파생금융상품의 거래를 알고 있으나 파생금융상품 시장에 대한 이해가 부족한 상황이다.

무장 경찰의 호위를 받으며

나이지리아 파생 상품 도입은 한국의 사례를 바탕으로 자문했는데 한국은 1995년 12월 제정·공포된 선물거래법을 기반으로 1996년 5월 3일부터 KOSPI 200 선물을 증권거래소에 상장함으로써 한국 최초 선물시장을 개설하게 되었다. 이후 1999년 2월 선물거래법에 의한 한국 선물거래소(KOFEX, Korea Futures Exchange)가 별도로 설립되었다.

무장 경찰의 호위를 받으며

우리 자문팀은 아부자에 있는 SEC를 포함해서 여러 기관을 방문했다. 그런데 SEC에서 한국 자문팀에 경호를 위해서 무장 경찰을 배정해 주었다.

내가 맡은 부분이 '나이지리아 파생금융상품 시장 도입과 ICT 인프라 구축 방안'이었고, 인프라는 기존의 증권거래소와 상품거래소의 ICT 인프라와 연계해서 구축되어야 하므로 현재 ICT 인프라에 대한 파악이 선결되어야 한다. 그뿐만 아니라 파생 상품의 경우에는 증거금제도, 일일 정산제도, CCP[8]제도 등이 중요하므로 이들에 대한 효율적인 ICT 인프라에 대한 개념을 이해하도록 자문하기로 했다.

나이지리아 증권 담당자의 한국 연수

이 사업과 관련해서 나이지리아 증권 관련자 14명이 1주일간 한국에 연수와 중간 보고회를 위해서 방문했다. 한국에 관련 기관들을 방문했는데 부산에 있는 KRX(한국거래소), 예탁결제원, 자산관리공사와 서울에 있는 금융감독원, 한국은행, KB증권, 교보증권을 방문했다. 가는 곳마다 나이지리아 사람들의 쏟아지는 질문에 한국의 담당자들이 친절하게 이야기해 준 덕분에 나이지리아 사람들은 매우 만족스러워했다. 이들 중 한 명을 제외하고 13명은 한국 방문은 처음이었고 작은 나라 한국의 모습에 매우 놀라는 표정들이었다. 그런데 이들 중에 4명은 자비로 연수에 참여했고 금융 계통에서 일하는 공무원과 금융기관에서 근무하는 사람

---

8)　CCP(Central Counter Party, 중앙청산소).

들이라서 그런지 쇼핑이나 돈 씀씀이가 커 보였다.

파생상품관리시스템 개념과 도입 전략

중간 보고회 후에 3개월이 지나서 나이지리아에 최종 보고회를 위해 두 번째 출장길에 올랐다. 도착은 수도 아부자에 했지만, 이틀 동안 간단한 협의만 하고 비행기로 서해안 도시 라고스로 이동했다. 이곳에서 최종 보고회를 하기로 했기 때문이다. 라고스는 인구 1,400만 명에 나이지리아 최대의 상업 도시이고, 1991년까지 나이지리아의 수도였으나, 계속되는 인구 팽창으로 아부자로 옮겼다고 한다.

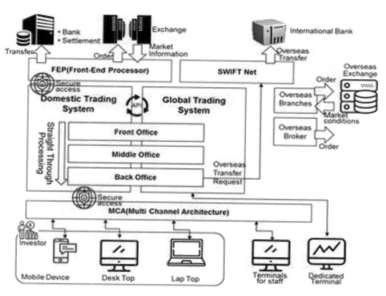

금융 파생상품관리시스템 구성도

라고스도 아부자와 마찬가지로 도심지 매연이 심해서 편하게 숨 쉬기가 곤란할 지경이다. 특히 건물마다 개별로 가동하는 발전기에서 나오는 매연이 더욱 심하다. 나이지리아는 원유와 천연가스 생산국이지만 모두 채굴권을 가지고 있는 유럽 국가들이 가져가고 있고 발전기를 생산하고 수출하는 국가 역시 유럽 국가들이다. 나이지리아 정부가 발전소를 세우면 좋겠지만 여러 가지 이해관계와 정치적인 이유로 그러지 못할 것으로 추정만 할 뿐이다.

최종 보고회에는 100여 명에 꽤 많은 사람이 참석했고. 우리는 그동안 작업했던 결과를 발표했다.

나이지리아 신문에 게재된 한국방문단과 SEC 위원장(가운데 부인)

IT 등에 메고 지구 한 바퀴

나이지리아는 아프리카에서 가장 활발하게 성장하는 곳이다. 아마도 가까운 미래에는 인도만큼이나 시장이 활성화될 것으로 추측해 본다.

귀국길에 이스탄불 공항에서 인천 가는 비행기를 기다리는 동안 소피아성당을 가 보려고 했지만 또 다음을 기약하고 호텔에서 쉬기만 했다. 여러 차례 기회가 있었지만 아무래도 소피아성당은 나와 인연이 없는 모양이다.

코로나를 뚫고
카메룬으로

코로나가 대유행하는 2021년 가을, 머나먼 아프리카 카메룬에 출장을 가야 할 기막힌 사정이 생겼다. 몇 차례 연기했지만 2년이 다 되도록 코로나가 수그러들 기미가 보이지 않는 와중에 발주기관과의 계약에 따르면 이젠 더 이상 미룰 수도 없고 같이 가야 할 직원들은 4명인데 참 난감하기만 했다. 게다가 카메룬 담당자는 이상 없으니까 어서 와 달라고 성화다.

지도상 카메룬 위치

부득이 위험을 무릅쓰고 출발하기로 했다. 코로나 시절에 해외 출국이 얼마나 어려운지…. 출국 전 검사를 받고 인천 공항에 도착했다. 평소와 다르게 공항은 사람이 별로 없고 면세점도 문을 연 곳이 없이 한산하기조차 했다.

항공료도 평소에는 250만 원 정도 했지만, 이번 출장에는 450만 원으로 거의 2배 가까이 올랐고 그나마도 자주 없어서 항공권 구매에 애를 먹었다.

IT 등에 메고 지구 한 바퀴

코로나 대비 완전 무장

인천 공항에서 파리 드골 공항까지 14시간, 파리 공항에서 4시간 대기하고 다시 카메룬에 야운데 공항까지 8시간 정도 걸려서 도착했다. 총 26시간 걸린 셈이다.

파리 드골 공항에 도착하니까 대부분 마스크를 쓰기는 했지만, 간혹 벗고 다니는 사람도 눈에 띄었다. 다시 비행기를 갈아타고 카메룬 야운데 공항에 밤늦게 내렸다. 이곳에서도 입국자에 대한 코로나 검사를 받는데 너무 무질서해서 오히려 코로나에 걸릴까 봐 겁이 날 지경이었다. 공항을 간신히 빠져나와서 마중 나온 카메룬 담당자와 함께 차로 야운데 시내에 있는 호텔로 향했다.

1884년에 독일의 보호령이 되어 제1차 세계 대전 당시에 독일의 식민지였던 카메룬은 독일이 전쟁에서 패전하자, 프랑스와 영국이 분할 점령했다. 1960년 프랑스령 카메룬은 독립 공화국이 되고 1961년에 영국령 카메룬의 남쪽 부분을 합병하여 카메룬 공화국을 형성했다고 한다. 그래서 카메룬은 불어와 영어를 공식 언어로 사용하고 있고 모든 공문서는 두 가지 언어를 모두 사용하고 있다.

카메룬은 한국의 4.8배 크기의 땅에 3천만 명의 인구가 살고 있고, 인당 GDP는 $1,446이다. (출처: 주 카메룬 대한민국 대사관 홈페이지)

IT 등에 메고 지구 한 바퀴

카메룬의 전자정부 수준

2022년 UN E-Government Survey Report에 따르면 전체 190개 국가 중에 카메룬은 141위의 위치에 있으며 EGDI는 0.4498, OSI는 0.3916, TII는 0.365, HCI는 0.5928로 발표했다.

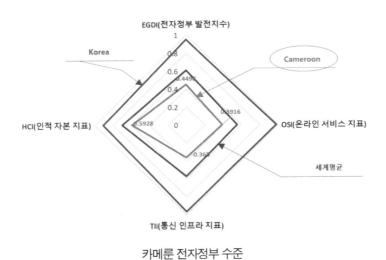

카메룬 전자정부 수준

카메룬은 축구 강국이다. 1982년 FIFA 월드컵 본선에 첫 발을 디딘 이후 총 8번의 월드컵 본선 무대를 밟았고, 1990년 대회에서 아프리카팀으로는 사상 처음으로 월드컵 8강에 오르는 돌풍을 일으켰고, 아프리카 네이션스컵 본선에는 19번 출전하여 이 중 무려 5번 우승, 2번 준우승을 차지했다.

식사는 호텔에서 직접 해 먹기로 했다. 호텔 방에 별도의 주방이 있는 것은 아니지만, 간단한 조리 기구를 가지고 간 것이다. 보름을 있어야 하는데 매번 외식하기엔 이곳 식당들이 대부분 비위생적이기 때문에 호텔 방에서 식사하기로 한 것이다. 지난 1차 사업에는 내가 참여하지는 않았지만 1차 때 출장 온 직원이 호텔 측과 냄새가 나지 않는 범위에서 조리하는 것으로 협의했다고 한다.

호텔비는 1박에 약 15만 원 정도 한다. 이 금액은 전 세계 어디나 비슷하다. 잘사는 나라나 가난한 나라도 도시에 호텔 가격은 비슷하다는 뜻이다. 호텔 수준은 별 3개 혹은 4개 정도인데, 그 별이라는 것이 국가마다 수준이 매우 다르다. 아무튼 그 나라에 중상류 호텔급이라고 생각하면 된다.

첫날 아침 간단하게 식사하고 근무 장소로 이동했는데 가까운 거리라서 도보로 이동했다. 길거리에 다니는 사람 중에 마스크를 쓴 사람이 별로 없다. 간혹 마스크를 파는 길거리 행상이 눈에 띌 뿐이었다. 다가가서 1개에 얼

야운데 시내에 마스크 판매 행상

IT 등에 메고 지구 한 바퀴

마냐고 물었더니 1달러라고 한다. 싸구려 덴탈 마스크였는데 외국인이라서 비싸게 부른 듯했다.

　호텔에서 약 300m 떨어진 곳에 카메룬 공공계약부에 도착해서 착수 회의를 진행했다. 그런데 참석한 카메룬 직원들이 마스크를 제대로 착용하지 않아서 걱정되었다. 그래서 가지고 간 마스크 2박스를 선물로 주었는데 별로 고마워하지도 않는다. 우리 한국 사람은 모두 마스크를 썼지만, 대화하는 동안 수시로 마스크가 내려갔다. 카메룬에 코로나 감염 통계는 정부 발표도 없고 있어도 믿을 수가 없다.

회의실 마스크 풍경

　회의를 마치고 숙소에 들어와서 저녁 식사를 하고 창밖을 보니 셀 수 없이 많은 박쥐 떼가 노을을 지나가고 있다. 꼭 이맘때면 어디로 가는지 한동안 하늘을 가릴 정도로 많은 박쥐 떼가 어딘가로 이동을 한다. 아마 저녁 식사 하러 가는 모양이다.

인터넷에서 박쥐의 생활에 대해서 찾아보니까 박쥐는 곤충을 먹는 야행성 동물이고, 대부분의 박쥐는 낮에는 동굴 속에 있다가 밤에 먹이를 찾기 위해 이동한다. 아프리카 박쥐 떼는 수만 마리의 개체로 구성되어 있고, 먹이를 찾기 위해 먼 거리를 이동한다. 저녁에는 곤충이 활발하게 활동하는데 박쥐에게는 먹이 찾기에 좋은 시간이라고 한다.

노을 질 무렵 호텔 창밖에서 본 박쥐 떼

여기서는 박쥐고기도 요리해서 먹는다고 한다.

IT 등에 메고 지구 한 바퀴

카메룬 전자조달 BPR/SIP

　카메룬의 전자조달시스템은 5년 전에 1차 사업을 통해서 기본적인 기능(입찰 공고 등)은 서비스 중에 있었고 이번 컨설팅 부문은 계약, 통계, 전자지불, 카탈로그, 쇼핑몰 등의 기능을 추가하기 위한 것이다.

한국의 지원으로 서비스 중인 카메룬 공공조달 웹사이트(COLEPS)

카메룬 공공조달을 위한 웹사이트는 불어, 영어, 한국어를 지원한다. 한국어를 사용할 일은 없겠지만 카메룬과 한국 정부 간에 합의된 사항이라고 한다.

컨설팅이 끝나면 그 결과에 대해서 아래와 같이 시스템을 신규로 구축하거나 개선할 예정이다.

- **시스템 신규 개발 및 구축**
    - e-Contract System
    - e-Procurement Statistic System
    - e-Payment
    - e-Catalog System
    - e-Shopping Mall System
    - Supplier Performance Management System
    - External Information Linkage System

- **기존 시스템 고도화**
    - Portal System
    - User Management System
    - e-Bidding System

컨설팅 범위 중에 내가 맡은 부분은 Catalog와 쇼핑몰 도입 체계 설계였다. 나는 과거에 조달 업무 컨설팅 경험을 바탕으로 MINMAP[9]의 Catalog 관리 환경 및 현황 분석과 MINMAP의 e-Shopping Mall 도입을 위한 타당성 분석했고, Catalog 부문에 조사와 분석은 아래와 같이 진행했다.

- 카메룬 정부의 카탈로그 관리 체계 조사
- 법제도 측면, 활용 측면, 국제표준 수용 여부
- MINMAP의 카탈로그 체계 조사
- 물품 규격 관리 측면, 활용 측면, 국제표준 수용 여부

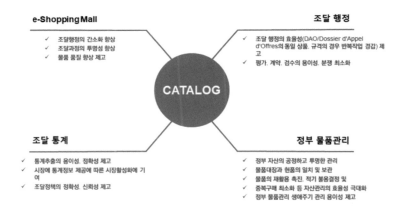

Catalog의 적용 범위와 활용 목적

카메룬 재무부의 예산편성 관련 법령에 따라서 상무부에서는 예산편성을 위한 물품 목록과 가격을 관리하기 위한 지침을 매년 고시하고 있

---

9) Ministère des Marchés Publics, MINMAP, 공공계약부.

다. 하지만 상무부의 그 카탈로그는 주로 공공기관의 예산편성용으로 활용하고 있으며 년 단위로 갱신을 하고 있으나, 아래의 문제점이 있다.

- 대, 중분류 이하에 코드별 물품이 수시로 변경되고 있어서 이력 관리가 어렵다.
- 물품별 추이 통계 생산에 어려움이 있다.
- 참조코드의 구성이 물품 분류만 되어 있다.

그래서 다양한 속성 관리가 필요한 MINMAP에서 조달 정보로 활용하기에는 충분하지 못하다.

e-쇼핑몰 부문은 다음과 같이 조사와 분석을 진행했다.

- 카메룬 공공조달 관련 법령의 목표
- MINMAP의 공공조달 현황
- UN eTrade Readiness Assessment(eT Ready) 참조
- UN의 B2C E-COMMERCE INDEX 참조
- UN의 e-Government Development Index 참조
- TI(Transparency International) 부패지수 참조

카메룬의 공공계약법에 목표는 공공 조달에 대한 자유로운 접근, 입찰자에 대한 평등한 대우, 투명한 절차, 효율성 및 무결성의 원칙을 준수하는 것이며, 이는 e-쇼핑몰이 추구하는 바와 같다. 2020년 카메룬의 부패

지수는 25점으로서 전체 179개 국가 중에 149위에 해당될 정도로 정부의 부패가 심하기 때문에 e-쇼핑몰의 적용이 되면 다소나마 좋아질 것으로 기대할 수 있다.

eTrade Readiness Assessment(eT Ready) 프로그램은 UN이 개발도상국, 특히 최빈국이 직면한 전자상거래 발전 과제를 식별하고 해결하기 위해 매년 측정 결과를 공개하고 있다. e-쇼핑몰은 기업과 정부 간에 거래를 지원하는 것이므로 이러한 지수도 참고했다.

카메룬의 e-Commerce Index(eT Ready)는 152개 국가 중에 111위로 조사되었다. (eTrade for all 보고서, UNCTAD, 2021.04) 이 보고서에 따르면 카메룬이 고객/공급 업체와 상호 작용하기 위해 전자 메일을 사용하는 기업의 비율은 54%로 세계 평균보다 낮은 수준이지만 전자적 의사소통은 보편화되어 있다고 할 수 있다.

카메룬의 B2C Index는 35.5이고, 이는 152개 국가 중에 111위에 해당한다(B2C E-COMMERCE INDEX 2020 보고서, UNCTAD, 2020.04)

Catalog와 e-Shopping Mall에 대한 분석 결과 주요 시사점은 카메룬에 e-쇼핑몰을 도입하면 정책적 목표 달성을 지원할 수는 있으나, 카탈로그 표준화와 인터넷 기반 시설의 안정화가 필요하며, e-쇼핑몰의 본격적인 적용에 앞서서 카탈로그 표준화부터 단계적 추진 전략이 필요하다고 제시했다.

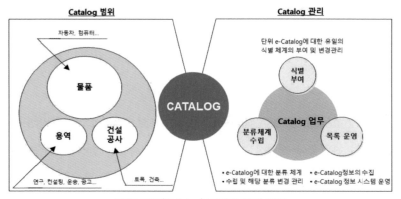

물품 목록(Catalog) 범위와 관리 업무

한국은 UNSPSC[10] 분류 체계를 기본으로 적용하고 있으며 추가로 분류를 더 세분화하고 있다.

종합쇼핑몰은 수요자인 수요 기관이 물품을 보다 편하고 쉽고 용이하게 구매할 수 있도록 지원하기 위하여 민간 쇼핑몰과 동일하게 조달물자의 체계적인 전시, 편리한 구매 지원을 하고 있으며, 종합쇼핑몰을 통한 물품 공급 실적은 국내 총 조달의 61%를 차지하는 21조 1천억 원('21년)으로 물품 조달의 가장 중요한 수단으로 이용하고 있다. (출처: 조달청 종합쇼핑몰)

현황분석을 마치고 2주만에 귀국길에 올랐다. 출국 전에 야운데 변두리에 WHO에서 운영하는 보건소에서 코로나 검사를 받았다. 야운데 공항에서 코로나 검사결과지를 제출해야 비행기를 탈 수 있었고, 파리 드

---

10)   UNSPSC(United Nations Standard Products and Services Code).

골 공항을 거쳐서 인천공항에 도착했다. 그런데 아프리카에서 도착한 승객들은 별도로 검사를 받아야 한다고 한다. 걱정했지만, 다행히 모두들 별일 없이 통과해서 집으로 갈 수 있었다.

한국 조달청의 나라장터 종합쇼핑몰 첫 화면

Catalog와 e-Shopping Mall 설계

2달 뒤에 카메룬에 2차 출장을 위해서 또 코로나 검사를 받고 출국했다. 코로나 상황이 조금 나아진 탓인지 출국자가 많아져서 출국 전에 검사를 받는데도 대기열이 길어졌다. 파리 드골 공항을 경유해서 야운데 공항에 도착하니 여전히 무질서하고 걱정되는 코로나 검사를 받고 입국했다. 숙소는 지난번 그 호텔이었다.

지난번 1차 출장 때 식사가 불편해서 Residence[11]로 숙소를 바꿔 보려고 한 군데 괜찮은 곳을 찾았지만 우범지대라는 말에 포기했다. 시장 부근이었는데 현지인의 말에 따르면 강도와 절도사건이 빈번하게 일어난다고 한다. 하긴 외국인에게는 낮에도 골목길은 위험한 곳이라서 다니기가 조심스럽긴 하다. 그리고 자주 당하는 일인데 길을 걸어가다가 '헤이, 차이나.' 혹은 '니하오마.' 하고 접근하면 가능한 피해야 한다. 어디를 가나 중국인으로 오해받기도 하고 중국인을 친절하게 대하지는 않기 때문이다.

---

11) Residence(Air B&B와 같은 일반 가정집 아파트).

야운데 시장과 저 멀리 보이는 Residence 아파트 건물

Catalog 설계

Catalog의 물품 분류는 한국과 같이 국제적으로 가장 많이 활용하고 있는 UNSPSC[12]를 기본으로 했다. UNSPSC는 매년 갱신되고 있으며, 각 물품은 Commodity Level에 속성을 부여해서 고유의 식별을 할 수 있기 때문이다.

카메룬의 e-Catalog system은 국가 물품 정보를 표준화하고 물품 분류와 물품 정보, 속성 정보를 관리하는 기준 정보 Database를 제공하도록

---

12) United Nations Standard Products and Services Code, UN에서 제정한 전자상거래에서 사용할 목적으로 만들어진 물품과 서비스를 포괄하는 상품 분류 체계이다.

설계했다.

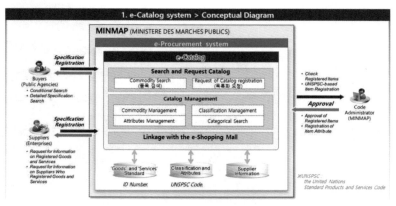

카메룬의 e-Catalog 시스템 개념도

e-Shopping Mall 설계

e-Shopping Mall은 반복적인 물품 구매 및 입찰의 번거로움을 개선한
시스템으로 단가 계약된 물품을 Shopping Mall에 등록하여 One-Click으
로 물품 구매를 수행할 수 있도록 설계했다.

2주간 완성된 설계도를 바탕으로 종료 보고회를 마쳤다. 함께 간 개발
자들은 계속 남아서 시스템 개발을 진행할 것이다.

코로나 격리

출국 전에 지난번과 같이 WHO 보건소에서 코로나 검사를 받고 기다
리던 중 1명이 코로나 양성반응이 나왔다. 출국을 못 하고 1주일 후에 다
시 검사를 받아야 하는데 그동안 치료가 문제였다. 이곳 병원이 믿을 만
하지 못해서이다. 하는 수 없이 남은 직원에게 치료를 부탁하고 나머지
사람들은 출발할 수밖에 없었다.

그런데 호텔에서 출발 전까지 출국자 5명 중에 4명은 카메룬 보건부에
서 제공하는 스마트폰 정보로 음성 통보를 받았는데 나는 아직 통보가
안 온다. 카메룬 보건부 웹사이트에 접속해서 스마트폰으로 계속 조회
를 하지만 내 이름만 없다. 비행기 출발 시간이 다가오자 일단 같이 출발
하기로 했다. 공항까지 1시간 이상 걸리니까 그 안에 오겠지 하는 생각
이었다. 하지만 공항에 도착했는데 아직 연락이 없다. 나는 부득이 출국
을 포기하고 온 차로 다시 호텔로 가려고 기사에게 부탁하던 중에 내 이
름이 음성으로 떴다고 직원이 급하게 알려 준 덕분에 출국할 수 있었다.

파리 공항에서 환승 대기 중에 직원 2명이 열이 난다고 해서 몹시 걱

정했는데, 밤늦게 인천 공항에 도착을 하니까 지난번과 다르게 아프리
카 지역에서 입국한 사람들은 모두 버스에 태우고 격리 숙소로 데리고
갔다. 뉴스에서만 보던 장면이 나에게도 실화가 된 것이다.

한국에 있을 때는 국내 프로젝트를 해야 하는데 회사 일이 걱정되었
고, 아내도 보고 싶었다.

문 닫은 호텔을 정부에서 코로나 격리 숙소로 사용하는 모양이다. 이
곳에서 또 코로나 검사를 받고 각자 방에 들어갔다. 군인들이 안내하는
데 어찌나 퉁명스럽고 딱딱하던지 우리가 마치 전쟁 포로가 된 기분이
었다. 약 30여 명이 각자의 방을 배정받아서 들어갔다.

인천 공항 부근 격리 숙소 입구

IT 등에 메고 지구 한 바퀴

각 방에는 간이 식사가 배달되었다.

다음 날 아침 식사를 마치고 안 내 방송에 따라서 합격자 발표를 기다리듯이 코로나 검사 결과를 걱정스럽게 기다렸다. 그런데 일 행 중에 2명이 양성반응으로 확 진통보를 받고 병원으로 실려 갔 다. 안내하는 보건부 직원이 음성 판정을 받은 남은 사람들도 바로 집으로는 못 가고 각자 10일간 격 리를 해야 한다고 하면서 각자 격 리할 장소를 알려 달라고 한다.

격리 숙소에서 제공된 식사

스마트폰으로 열심히 코로나 격리를 위한 숙소를 찾았지만 격리를 위 한 숙소는 구하기가 어려웠다. 코로나 격리를 하려고 한다고 숙소 주인 에게 미리 알려야 하는데 대부분의 호텔이나 모텔 등으로부터 거절당하 고 간신히 영등포에 원룸을 구했다. 나는 영등포 방면으로 가는 격리자 이송 버스를 탔는데 버스 안에는 나를 포함해서 3명이었다. 인천대교를 건너가면서 세상에 이런 일도 다 겪네 하면서 한탄을 하던 중 영등포 보 건소 앞에 도착해서 내리니까 보건소 직원이 안내를 하면서 나에게 계 속 분무기로 소독약을 뿜어 대고, 검사를 받기 위해서 줄 선 사람들은 슬 금슬금 나를 피한다.

코에 면봉을 집어넣고 검사를 받고 나니까 안내하는 보건소 직원이 나를 앰뷸런스에 태우고 영등포 역 부근 숙소로 향했다. 숙소에 도착해서 그 직원의 주의사항을 뒤로 하고 방으로 들어갔다. 좁은 방에 매번 배달 식사를 먹으면서 처음 3일 정도는 지낼 만했는데 4일째부터는 답답하고 지루해서 우울증이 생길 지경이다. 하지만 덕분에 카메룬 사업에 컨설팅 보고서를 완성할 수 있었고 그동안 넷플릭스로 본 영화가 20편이 넘는다. YouTube에 코로나 격리 생활 따라하기도 여러 가지 보면서 위안을 삼았다.

가끔 친구들이 찾아와서 고맙게도 문 앞에 먹을거리를 두고 갔다. 하루는 내 실수로 방에 불이 날 뻔했다. 쇼핑몰에 주문한 빵을 전자레인지에 넣었다가 짙은 연기가 온 방을 메워서 급하게 창문을 열었지만 한동안 탄내가 가시지를 않았다. 문제는 그 빵이었는데 크루아상이었다. 그런데 도착한 크루아상이 색깔이 하얗고 아이스팩에 담겨서 딱딱하게 얼어 있었다. 그래서 별생각 없이 전자레인지에 넣어서 돌렸다가 화재가 날 뻔한 것이다. 새까맣게 탄 크루아상을 꺼내고 그 쇼핑몰을 다시 봤더니 오븐에 구워서 먹으란다. 추운 12월에 창문을 몇 시간 여니까 방이 너무 추워서 침대에 이불을 뒤집어쓰고 있었다.

9일차 되는 날 영등포 보건소에서 연락이 왔는데 내일 격리 해제하기 전에 검사를 받아야 한다고 한다. 최근 한 달 사이 코에 면봉을 몇 번이나 찔러 넣었는지 모르겠다. 콧구멍이 헤질 지경이다. 이상 없다는 통보를 받고 10일 만에 아내가 기다리는 집으로 향했다.

　　　　　　　　　　　　　IT 등에 메고 지구 한 바퀴

영화의 나라,
모로코

인천 공항에서 파리 드골 공항까지 가서 다시 비행기를 갈아타고 모로코 카사블랑카 공항에 밤늦게 도착했다. 마중 나온 KOICA 직원의 차로 다시 근무 장소가 있는 수도 라바트로 2시간 정도 걸려서 북쪽으로 올라갔다. 모로코는 3년간 총 8회 방문했고, 방문할 때 마다 1~2개월씩 체류했다. 대략 280일 정도 체류했으니까 연속으로는 거의 1년을 있었던 셈이다. 그래서 에피소드도 많다.

지도상 모로코 위치

1955년 11월 모하메드 5세 국왕은 모로코의 독립을 선언했고, 1956년 프랑스와 스페인은 모로코의 독립을 인정(1956. 11. 12. 유엔 가입)했다. 1999년 7월 모하메드 6세(Mohammed VI) 국왕이 즉위했고 현재까지 통치 중이다. 이슬람이 국교이며, 국왕이 최고 종교지도자를 겸하고 있다. 모로코 인구는 3,800만명이고 인당 GDP는 3,100USD 정도다. (출처: 주 모로코 대한민국 대사관 홈페이지)

IT 등에 메고 지구 한 바퀴

모로코 전자정부 수준

　2022년 UN E-Government Survey Report에 따르면 전체 190개 국가 중에 모로코는 101위의 위치에 있으며 EGDI는 0.5915, OSI는 0.4721, TII는 0.6676, HCI는 0.635 로 발표했다.

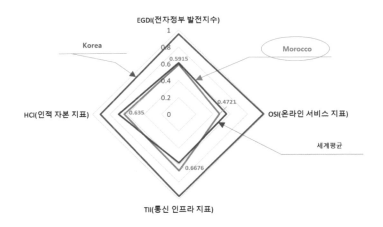

모로코 전자정부 수준

　모로코는 타 지표에 비해서 IT 인프라가 좋은 편이다.

아프리카 대륙에 있지만, 중동풍에 가까운 모로코는 영화의 나라라고 할 만큼 전 세계에서 영화를 가장 많이 찍는 나라라고 한다. 중동풍이나 사막을 배경으로 찍는 영화는 대부분 이곳에서 찍는다. 〈미션 임파서블: 로그네이션〉, 〈본 얼티메이텀〉, 〈인셉션〉, 〈글래디에이터〉, 〈스타워즈〉, 〈007 스펙터〉, 〈바디 오브 라이즈〉, 〈존윅: 파라벨룸〉과 〈존윅 4〉 등 우리가 익히 잘 아는 영화를 이곳에서 촬영했고 1966년 천지창조에서부터 최근까지 약 1만여 편의 영화를 찍었다고 한다. 그리고 하정우 주연에 〈비공식 작전〉도 모로코에서 촬영했다. 이렇게 이곳에서 영화를 많이 찍는 이유는 일 년 동안 90% 이상 구름 한 점 없는 지중해의 맑은 날씨이고, 물가도 싸고 유럽의 관광지라서 비교적 치안이 좋기 때문이라고 한다.

라바트 숙소 호텔에 도착해서 여장을 풀고 나니까 온몸이 물에 젖은 솜처럼 가라앉는다.

모로코 지역은 선사시대 기원전 약 100만 년 전, 당시 비옥한 지대였던 사하라에 인류가 살기 시작했다고 한다. 이후 현재의 튀니지 일대를 지배하던 카르타고인들이 아프리카 북부 해안선을 따라 탕헤르(Tanger), 라바트(Rabat) 등의 항구도시를 건설했고 기원전 196년 로마에 의해서 카르타고가 멸망 후 그 난민들이 튀니지, 알제리를 거쳐서 모로코 지역에 정착했다고 한다. 이러한 지중해 연안을 마그레브 지역이라고 한다. 스페인은 1907년부터 프랑스와 모로코 분할 강점했고, 프랑스는 모로코의 국방·외교·국내 치안권을 장악했다. 두 개의 국가가 모로코를 대상으로 보호령을 실시한 것이다. 그래서 지금도 모로코 북쪽 내륙 지방에는 스페인 영토가 있다.

사업착수

　　라바트 호텔에서 첫날 밤을 보내고 아침 일찍 직원들과 함께 도착 보고와 업무 협의를 위해서 KOICA 사무소를 찾아갔다.

　　가는 길 차창에 비치는 따가운 햇빛을 만끽하면서 창밖에 펼쳐지는 풍경 중에 이스탄불에 모습도 섞여서 보였다. 마법사의 뾰족한 후드 모자와 앞이 뾰족한 신발이 바로 그것이다. 아마도 오스만 제국 시절에 영향을 받은 듯하다. 여자들은 얼굴과 몸 전체를 가리는 부르카나 차도르는 가끔 보이고 대부분 히잡을 두르고 있었다. 주변에 건물들은 중동풍의 건물과 스페인, 프랑스식 건물들이 섞여 있었는데 수도 라바트는 스페인식 건물은 별로 없어 보였다. 아마도 이 지역은 프랑스가 지배를 했던 모양이다.

　　KOICA 소장으로부터 사업 상황에 대한 설명을 듣고, 우선은 이번 첫 방문에서 진행할 착수 보고회에 대해서 협의했다. '모로코 산업 통계 측정 및 활용 역량 강화 사업 PMC 용역'이라는 이름으로 시작하는 이번 사업은 약 28억 원 예산으로 4년간 진행하는 사업이다. PMC란 발주처를 대신한 전문가 그룹(Project Management Office, PMO)이 사업 초기 기획부터 개발, 더 나아가 운영까지 모든 과정을 관리하는 사업 기법이다. 건설 분야에서 시작한 이 방법은 시스템 개발을 직접 하는 것은 아니고 설계 컨설팅 후에 개발자에 의한 개발과정을 관리하는 것이다. 일정, 범위, 위험, 품질 관리 등이다. 시스템 구축 예산은 약 50억 원 규모이고, PMC와 시스템 구축 예산 전체 합해서 약 80억 원의 규모이다.

이번 사업의 대상 기관은 모로코 상공투자디지털경제부(MICIEN, Ministère de l'Industrie, du Commerce, de l'Investissement et de l'Economie numérique)의 종합적 통계 체계 관리 및 조정 기능 강화를 지원하는 것이다. 이번 사업에 중요 범위는 다음과 같다.

- MICIEN 산업통계국 직원 현지 교육(모집단, 제조업, ICT, 상업)
- 통계정보시스템 기본 설계
- 통계정보시스템 구축사업관리
- MICIEN 직원 한국초청연수

여기서 PMC의 역할은 MICIEN의 통계정보시스템 기본 설계를 하고 적정 규모를 산정한 다음 개발사를 선정해서 개발과정을 관리하는 것이다. 내가 PM을 맡았고 통계 역량 강화 분야는 한국통계진흥원에 7명이 하고, 통계시스템 설계는 우리 회사 직원 4명이 맡아서 진행했다.

모로코는 고등기획위원회(Haut Commissariat au Plan, HCP)의 통계처에서 국가 통계를 관리하고 있으며, 한국과 같이 정부 각 부처의 필요에 따라 개별적으로 통계 정보를 자체 생산하는 분산형 통계 체계에 기반을 두고 운영하고 있다. 그런데 이번 사업은 HCP가 대상이 아니고 MICIEN이 대상이다.

사전에 조사한 바에 따르면 MICIEN의 현 통계시스템은 전국 29개의 지청에서 사용되는 통계입력 데이터를 중앙 본청에 연결되어 통합되고 있지만 유실되거나 시스템상에 취합되지 않는 데이터도 많은 상태이다. 그리고 모집단 등이 체계적인 준비가 부족하고 제조업과 상업 부문에 단편적인 조사통계만 관리하고 있는 수준이다.

MICIEN 현관 앞에 필자

오후에 MICEN을 방문해서 통계국 직원들과 인사를 나누었다. 통계국 책임자인 까드리 국장을 비롯해서 ICT 통계 담당 라시드 과장, 상업 통계 담당 아씨아 과장, 제조업 통계 담당 따릭 과장 등 15명으로 구성되어 있다. 모두들 반갑게 인사를 나누었는데 통계국 직원 대부분이 통계학을 전공했다고 하고, 특히 라자 과장은 통계학 박사과정을 밟고 있다고 한다. 모두들 통계이론에 기본이 되어 있다고 할 수 있다.

MICIEN 현관에 부처의 이름은 아랍어, 베르베르어, 불어로 적혀있다. 문헌에 따르면 베르베르어는 북아프리카의 베르베르인들이 사용하는 언어들의 집합이다. 모로코, 알제리, 튀니지, 리비아에서 주로 사용한다. 중세에 아랍어가 널리 퍼지기 전, 적어도 수천 년 전부터 북아프리카 지역에서 사용되었다고 한다. 오늘날 모로코와 알제리에서는 베르베르어가 아랍어와 함께 공용어로 지정되어 있다.

벤하두 마을에 있는 베르베르 문자판

IT 등에 메고 지구 한 바퀴

첫날 서로 간에 인사를 마치고 프로젝트 범위와 대상에 대해서 논의했다. 작년에 이 사업의 기초 설계를 위해서 방문했던 한국의 전문가들이 작성한 사업계획서에 있는 내용을 중심으로 토의했고, 모두들 이 내용에 대해서 큰 이견은 없어 보였다.

그런데 이번 방문에서 가장 중요한 행정처리라고 할 수 있는 RD(Record of Discussions, 협의의사록) 체결이 원만하게 진행이 안 되었다. RD에 양 국가의 책임자가 서명을 함으로써 프로젝트가 공식적으로 시작하는 것을 의미하는 것으로써 한국 측 대표는 KOICA 모로코 소장, 모로코는 MICIEN의 통계국장이 서명을 해야 하는데 통계국장인 까드리 국장이 특별한 이유도 없이 서명을 미루는 것이다.

까드리 국장은 내년에 정년 퇴직 예정인 여성인데 그녀에게 작년에 사전협의 내용대로 RD를 작성했고 이대로 시행할 것이라고 내가 아무리 설명해도 다른 부서나 부하 직원들 핑계를 대면서 미루는 것이다. 게다가 IT 부서 책임자인 모하메드 과장은 제공할 서버의 성능을 문제 삼는 등 프로젝트 시작부터 원활하지가 못했다.

사실 RD는 형식적인 외교 절차일 뿐이라서 서명과 관계없이 프로젝트는 계속 진행했다. 이번 출장은 6명이 2주간 각 분야별로 사전 답사의 형태였기 때문에 그다지 바쁘게 서두를 일은 없었지만 앞으로 3년간 진행될 프로젝트의 첫발이기 때문에 PM인 나로서는 여러 가지로 신경이 쓰였다.

까드리 국장(가운데 여성)과의 첫 회의

　가장 중요한 일이 고객과 원활한 관계를 유지해야 하는 것인데 처음부터 삐걱거려서 걱정이다. 회사 입장에서 1차 고객은 KOICA이지만, 현장 책임을 지고 있는 내 입장에서는 모로코에 관계자들이 더 중요한 핵심 고객이라고 할 수 있다. 즉, 모로코 MICIEN에 장관, 차관, 국장, 과장 및 담당자들과 관계를 여하히 하느냐에 따라서 프로젝트의 성공 여부가 결정된다고 할 수 있는 것이다.

　불어 통역사도 문제였다. 출국 전에 협의했던 불어 통역사가 사정이 생겨서 급하게 파리에 거류 중인 사람을 섭외했는데 비싼 통역비 때문에 예산에 문제가 생긴 것이다. 영어 통역에 비해서 불어 통역은 비용이 더 들고 게다가 모로코에 장기간 함께할 통역사는 구하기가 어려웠다.

　마침 현지 채용을 한 사업 관리 담당인 한국인 송 씨가 불어, 이슬람어가 능통해서 통역 보조 역할도 맡았다. 이 프로젝트는 통계 자문과 교육

　　　　　　　　　　　　　　　IT 등에 메고 지구 한 바퀴

분야에 6명, 통계시스템 설계 분야에 4명이 담당하기 때문에 각 분야를 담당할 통역사가 최소 2명 이상이 필요하지만 이번 방문은 우선 이렇게 진행하도록 했다.

카사블랑카 지방청 방문

셋째 날 카사블랑카(Csablanca, 하얀 집이라는 뜻)에 있는 OMPIC, MICIEN 지방청과 한국의 KOTRA를 방문했다. OMPIC(Moroccan Office of Industrial and Commercial Property, 모로코 산업특허청) 시스템과 지방청의 MICIEN 통계 시스템 이용 실태 파악을 위해서다. OMPIC에서는 모로코 사업체를 등록하는 시스템과 BI(Business Intelligence, 정보를 그래픽으로 표출하는 시스템)시스템 구조 파악을 해서 현재 모로코 산업 통계와의 연관성 그리고 기초 데이터 파악을 했다. 같이 동행한 MICIEN의 따릭 과장은 MICIEN에 OMPIC의 BI시스템과 같은 것을 도입하고 싶어 했다.

카사블랑카 OMPIC 건물

MICIEN 지방청에서는 현재 운영 중인 통계시스템 이용 실태를 파악했다. 두 곳의 일을 마치고 KOTRA를 방문했다. 이곳 산업에 대한 정보를 얻기 위해서이다. 모로코는 자동차 부품 및 조립과 같은 경공업이 발달되어 있고, 비료와 세제의 주원료인 인광석이 많이 나오는 곳(세계 3위)이지만, 주로 농수산업이 주 산업이라고 한다.

이곳 카사블랑카는 앞으로도 여러 차례 와야 하는데 별로 맘에 들지는 않는 도시이다. 모로코에서 가장 큰 상업도시이고 관광도시이기 때문에 도시가 매우 복잡하고 특히 택시의 바가지 요금이 극심한 곳이기 때문이다. 이곳은 〈미션 임파서블: 로그네이션〉의 배경으로 촬영된 곳이기도 하다.

일을 마치고 잠시 시내 관광 겸해서 카사블랑카에서 유명한 핫산 2세 모스크를 방문했다. 바닷가에 지어진 모스크는 '신의 옥좌는 물위에 지었다.'라는 코란의 구절에 따라서 지었다고 하며, 높이 200m에 큰 사원이고 실내는 약 2만여 명이 기도를 할 수 있다고 한다.

IT 등에 메고 지구 한 바퀴

카사블랑카 해변에 있는 핫산 2세 모스크

고인의 모스크 광장 제마 엘프나

카사블랑카에서 하룻밤을 자고 승합차로 남동쪽으로 3시간 정도 걸리는 MICIEN의 마라케시 지방청으로 향했다. 가는 길에 주변 풍경이 점차 황토색 사막으로 변해 가는 것을 느꼈고, 마을은 북부지방보다 허름해 보였다. 하지만, 마라케시는 전혀 다른 세상이었다. 유럽의 관광지라서 그런지 거리가 번화했고, 이슬람 국가인데 카지노가 있고 국민들 모두가 이용이 가능한 것이 색다르게 보였다.

지방청에 방문해서 산업통계시스템 이용 실태를 파악했다. 제조업과 상(도소매)업에 대한 통계 관리를 하고 있었으며 일 년에 두 차례 조사하고 그 결과는 인터넷을 통해서 라바트에 있는 MICIEN 본부 서버에 저장하고 있었다. 이곳 직원도 카사블랑카 지방청 직원과 마찬가지로 저장한 결과에 대해서 다양한 검색을 원하고 있었지만, 정해진 검색 조건 이외에는 이용할 수가 없는 것이 불만이었다.

오전에 일을 마치고 오후에는 관광지로 유명한 제마엘프나 광장을 찾아갔다. 축구장 3배 정도의 넓이에 큰 광장에는 구름 한 점 없고 40도에 가까운 뜨거운 태양이 머리 위에서 작열하고 있었지만 습기가 없어서 그런지 따가운 정도로만 느낄 정도였고 그늘은 오히려 시원했다.

그런데 이렇게 뜨거운 광장을 가로질러서 시장 쪽으로 걸어가는데 무언지 모르게 섬찟한 느낌이 들었다. '뭐지?' 시장 안에 들어서니까 정말

광장에서 코브라 뱀을 구경거리로 제공하고 관람료를 받는다

손등에 헤나를 그려 주는 브루카 복장에 여인들

복잡하고 미로 같은 길 양쪽에 각종 상품을 진열해 놓은 가게 사이로 구경을 하며 걸어가면서도 그 섬찟한 느낌은 계속되었고, 마치 한기를 느끼는 기분이었다.

낮에는 시골 장터와 같이 각종 상인들과 구경거리를 제공하고 돈을 받는 사람들 그리고 수만 명의 관광객으로 북적인다.

밤에는 그 넓은 광장 전체가 발 딛을 틈도 없는 불야성의 먹거리 장터로 변한다.

광장에서 빼 놓을 수 없는 것이 오렌지 주스다. 모로코 기후 탓인지 모든 과일에 당도가 매우 높고 특히 오렌지 주스가 일품이다.

제나 엘프나 광장에 오렌지 주스

IT 등에 메고 지구 한 바퀴

이곳 마라케시는 11세기 초 무라비트 왕조 시대에 만들어진 것으로 알려져 있으며, 제마엘프나 광장은 2008년 유네스코에 등재된 세계 문화유산이다. 이곳은 원래 죄수의 공개 처형이 이뤄지던 장소라고 한다. '제마 엘프나'라는 이름은 베르베르 언어로 '고인의 모스크 광장'이라는 뜻이라고 현지인이 알려 주었다. 그래서 내가 느꼈던 그 한기는 혹시 그러한 죽은 자들의 영혼이 스며든 탓인지도 모를 일이다.

MICIEN 측과 추후 일정 협의를 마치고 귀국 준비를 하는 중에 메르스 독감이 유행하기 시작했다. 중동호흡기증후군을 일으키는 이 바이러스는 중동 지방의 낙타로부터 발생한다고 알려져 있는데 전염성이 강하고 치사율이 높은 병이다. 한국에서도 비상이 걸렸고 여행을 자제하고 있는 중이다.

한국에 또다른 사업에 일정 때문에 부득이 두바이 경유 노선을 파리로 변경을 해야만 했는데 항공료가 문제였다. 기존 항공표를 취소하고 새로 사야 하기 때문이다. 10명의 귀국 항공료 취소와 새로 사야 하는 금액이 이천만 원이 넘는다. 팀원의 안전에 문제가 생기지 않도록 해야 하고, 사업의 손익도 관리해야 하는 PM인 나는 갈등했지만, 사장님과 실랑이 끝에 귀국 노선을 파리 경유로 바꿔서 귀국했다.

두 번째 방문과 장관 착수 보고회

인천 공항에서 2번째 모로코 방문을 위해서 그 여정에 올랐다. 이번엔 가격이 더 비싸지만 아예 파리 노선으로 왕복 여정을 잡았다. 메르스 감염병이 수그러들지 않았기 때문이다.

그런데 인천 공항에서 체크인을 하는데 에미레이트 항공사 직원이 티켓을 주면서 '축하합니다. 비즈니스석으로 자동 승급되셨어요.'라고 한다. 같이 간 동료 직원 1명도 같이 받았다. 아마 일반석은 만석이고 비즈니스석에 여유가 많았나 보다. 그동안 에미레이트 항공을 자주 이용했지만 처음 받는 행운이다. 나는 First Class를 타 보지는 못했지만 그동안 모아 둔 마일리지를 이용해서 비즈니스 클래스는 가끔 이용한다. 마치 오헨리의 단편소설 〈피서지에서 생긴 일〉에서 양말 공장에 다니는 여주인공이 돈을 모아서 고급 휴양지에서 귀부인같이 휴가를 즐기는 모습이 연상된다. 특히 귀국길에 지치고 피곤할 때 가끔 이용하는데, 너무 피곤해서 '식사 주지 마세요.'라는 딱지를 붙여 놓고 타자마자 잠이 들고 덜컹하는 충격에 깨니까 인천 공항인 경우도 있었다. 인천~카사블랑카 항공료가 280만 원인데 비즈니스 클래스는 600만 원 정도 한다. 대부분의 항

IT 등에 메고 지구 한 바퀴

공편이 이렇게 비즈니스석은 일반석에 그 요금이 두 배가 넘는다. 나는 업무상 여러 비행기를 타 봤지만 에미레이트 항공편을 가장 좋아한다. 타 비행기에 비해서 일반석의 앞뒤 간격이 넓고 기내식도 좋다. A380 기종의 경우에는 비즈니스석은 완전 180도 침대이고, 개인 바가 잘 되어 있었다. 그리고 직원들도 대한항공만큼이나 친절하다.

지난번 실무자 협의와 실태조사 방문을 시작으로 통계시스템 구축을 위한 설계 컨설팅, 통계 교육과 자문 그리고 8차에 걸친 한국 연수 교육을 병행으로 진행하고, 현지와의 원활한 의사소통과 관리를 위해서 1명이 전체 기간에 80% 이상 모로코 현장에 상주하고 있다.

도착한 다음 날 KOICA에 방문해서 도착 보고를 하고 향후 진행에 대해서 협의했다. KOICA 소장의 말에 따르면 당초 이 사업은 프랑스 통계청에서 지원을 하려고 했지만, 모하메드 6세 국왕이 가능한 프랑스 이외 국가에 지원 요청하라는 지시를 했는데, 주 모로코 한국대사가 그 정보를 입수하고 한국 외교부에 요청해서 성사가 된 것이라고 하면서 매우 중요한 사업인 만큼 특히 신경 써서 진행 달라는 부탁을 나에게 했다.

나는 소장에게 이런 통계시스템은 보통 통계청에서 하는데 모로코는 HCP(통계청)에서 하지 않고 MICIEN에서 하는 이유가 있느냐고 물었다. 소장은 좋은 질문이라고 하면서 당초에 HCP에서 요청했지만, MICIEN 장관(알라미)이 국왕에게 요청해서 변경이 된 것이라고 한다. 알라미 장관은 국왕이 신뢰하는 오른팔이고 상업은행장을 겸임하고 있다고 한다.

그래서 경제 산업 통계에 관심이 많은데 정확한 통계가 필요해서 이 사업에 관심이 많았다고 한다.

다음 날부터 MICIEN 본관에서 근무를 시작했다. 대부분 직원들이 지난번 방문에서 인사를 나눈 터라 바로 실무 작업에 들어갔는데 나는 주로 까드리 국장과 협의했다. 그런데 까드리 국장이 만사에 협조적이지가 않고 제3자같이 방관적 자세로 일관해서 애를 먹었다. 우선은 RD부터 체결을 해야 하는데 지난번같이 계속 미루기만 하는 것이다. 주변 사람들 말로는 내년에 퇴임이라서 몸을 사리는 것 같다고 한다. 까드리 국장은 쉬하비 차관과 입사 동기생이고 같은 지방청에서도 근무를 했다고 한다.

MICIEN 청사에 프로젝트 사무실에서

IT 등에 메고 지구 한 바퀴

RD는 외교 문서라서 KOICA에서 챙기는 것이라 신경이 쓰이지만, 어쨌든 사업은 예정대로 진행했다. 통계시스템 설계를 위해서 해당 컨설턴트가 환경 분석부터 시작했고 나 역시 PM 이외에 실무는 컨설팅이기 때문에 이를 주관했다. 통계 교육은 통계진흥원 전문가들이 제조업, 상업, ICT업 등으로 나누어서 MICIEN의 해당 업무 담당자를 대상으로 현황 파악과 교육을 진행했다.

장관대상 착수 보고회

오늘은 알라미 장관을 대상으로 착수 보고회가 있는 날이다. 한국대사도 참석하는 자리이고 공식적으로는 고위직으로 하여금 사업 착수가 선언되는 자리이다. 특히 알라미 장관은 한국에 여러 차례 방문한 적이 있는 사람이다.

며칠 전부터 준비했지만 까드리 국장은 발표 자료를 미리 보고 싶다고 성화다. 하지만 사사건건 트집을 잡는 통에 미리 보여 주고 싶지 않았다. 심지어는 내가 라시드 과장과 친한 것을 알고 그를 통해서 재촉했지만 보고회 전날 오후 늦게 라시드 과장에게만 이메일로 보내 주었다.

장관보고회에는 MICIEN 국장급 이상, 한국 측에서는 대사와 KOICA 소장 등이 참석했다. 내가 착수 보고를 마치자 장관은 '발표시간을 정확하게 지켜 주어서 고맙다.'는 말과 함께 '이렇게 시간을 정확하게 지키는 것을 본받아야 한다.'라고 직원들에게 훈시했다. 이것은 내가 평소에 제안 발표 시간을 지키는 것이 습관이 된 탓이리라.

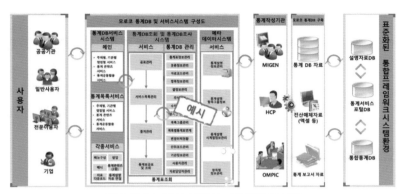

장관 착수 보고회-통계시스템 목표 구성도

장관은 나에게 '한국이 통계가 발달된 이유가 무엇인가? 언제부터 국가가 통계를 관리했는가?'라고 질문을 했고 나는 '한국은 약 2천 년 전에 백제라는 곳에서 통계를 시작했고, 주로 인구수와 곡물 수확에 관한 것이었다. 이것은 징병과 세금을 위한 것이었고 그 이후 지금까지 정부에서 통계를 관리하고 있습니다.'라고 답변했다. 장관과 그 옆자리에 쉬하비 차관은 매우 놀랍다는 표정이었다.

MICIEN 통계시스템

한국의 경우 통계는 국가통계와 승인통계로 나누어져 있고 집중형과 분산형이 있는데 국가통계는 통계청에서 전국 조사를 통해서 집계하는 통계로서 집중형이다. 반면에 각 부처에서 조사해서 통계청에 승인을

IT 등에 메고 지구 한 바퀴

받은 후에 공표를 하는 것을 분산형이라고 한다. 한국은 이 두 가지를 병행하고 있다. 즉, 인구조사나 물가동향과 같이 공통적인 것은 통계청에서 하고 산업별 통계는 각 부처에서 하고 있는 것이다.

모로코의 경우도 두 가지를 병행하고 있다고 할 수 있다. 각 부처에서 조사하는 통계 결과를 통계청에 제출해서 범국가적으로 관리하고 있는데 그 제출은 PDF파일을 이메일로 전송한다고 한다. 중요한 것은 통계의 일관성 유지인데 이메일로는 그 일관성과 무결성을 유지하기가 어렵다. 하지만, 모로코 사업은 MICIEN에 국한해서 진행하므로 분산통계에 집중하고 OMPIC에서 관리 중인 업체 정보는 필요하므로 그곳은 시스템으로 연계하기로 했다.

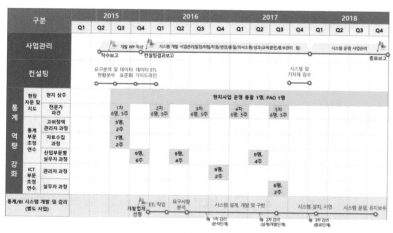

사업 추진 일정

통계시스템 설계를 위한 컨설팅은 총 4개월 동안 진행한다. 환경분석

단계에서 파악된 이해관계자는 다음 그림과 같이 나타났다.

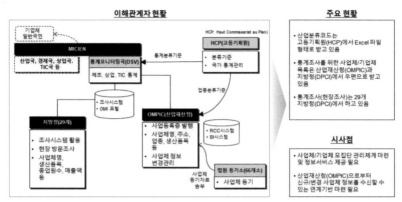

MICIEN의 통계 업무 관련 이해관계자 구성도

MICIEN의 통계 업무 절차는 다음 그림과 같다.

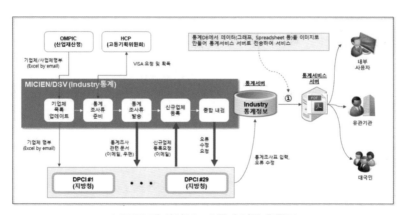

MICIEN의 산업(제조업)통계 업무 흐름도

IT 등에 메고 지구 한 바퀴

통계시스템은 DSI(Division du système d'information)에서 운영하고 있고 총 15명 중에 일부 프로그래머가 통계시스템(EAIT, Enquete Annuelle Industrie de Transformation)을 운영하고 있다.

산업통계만 조사시스템을 이용하고 있고, 도소매 분야는 별도의 조사시스템이 있는데 ICT 분야는 조사시스템이 없다.

- 연간조사: Oracle Forms로 개발된 시스템 사용(2001년 개발)
- 동향/전망조사: MS Access 프로그램 사용

노후화된 시스템 사용으로 에러 및 장애 발생, 사용자 불편 등 많은 문제점 내포하고 있으며, 데이터베이스가 서로 달라서 데이터 통합 관리에 어려움이 있다.

EAIT에서 제공하는 산업(제조업) 통계 사이트

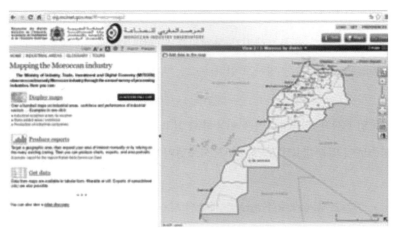

EAIT에서 제공하는 지도 기반 통계 사이트

산업통계조사시스템(연간조사)은 총 39개 메뉴로 구성되어 있으며 지방청은 메뉴 중 조사 기능만 사용할 수 있다. 시스템 노후화로 인해 기능 개선 및 유지보수가 어려우며 OMPIC과는 오프라인 연계(주로 이메일)를 통해 회사 리스트(모집단)를 제공받고 있다.

데이터베이스는 2001년에 EAIT 개발 이후에 한 번도 바뀐 적이 없으며, 현재 DSV에서 관리하고 있는 데이터베이스 조사를 위해서 DSV 모하메드 과장에게 DB 접근 허가를 요청했지만, 잘못될까 봐 거부당했고 부득이 SQL 문을 주고 이대로 실행해 달라고 요청해서 받은 결과를 분석했다. 데이터베이스(물리테이블)는 총 134개로서 이중에 데이터가 없는 테이블은 39개였다. 데이터는 3개 분야에 약 350,000건 정도로 추산되고 있다. 16년간 쌓인 데이터 치고는 매우 적은 양이다.

선진사례는 한국의 사례를 들어서 제시했다.

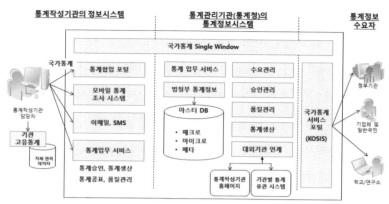

한국의 통계서비스 구성도

나는 관광하러 여기 온 게 아닙니다!

현황 분석을 하면서 통계국 까드리 국장과 직원 면담이 수시로 필요해서 회의 요청을 했지만 까드리 국장은 번번이 늦게 참석하거나 회피를 해서 회의가 무산되는 경우가 자주 발생했다.

나는 라시드 과장과 이 문제에 대해서 논의했지만 그는 과거 정보통신부가 지금의 MICIEN에 흡수 합병되면서 합류한 직원이라서 힘이 약하다고 한다. 라시드 과장은 한국에 서울대학교에서 원조장학생으로 석사학위를 받은 사람이라서 한국에 대한 이해도가 높고 나와도 잘 통했다. 어쨌든 나는 당신이 좋다면 당신과 일하고 싶다고 했고 이것을 까드리 국장에게 요청하겠다고 했다. 라시드 과장도 동의했고, 나는 불어 통역사에게 내가 지금부터 화를 낼 테니가 여과 없이 그대로 통역해 달라고 부탁하고 까드리 국장의 비서 역할을 하는 따릭 과장을 오라고 했다.

키가 크고 젊고 순한 따릭 과장이 내 방으로 찾아왔다. 나는 그를 보고 바로 '내가 여기 관광을 하러 온 줄 압니까? 왜 매번 회의 시간 약속을 안 지키는 거지요?'라고 큰소리로 화를 내면서 책상에 있는 서류를 몇 번 들 었다 놨는데, 통역사는 더 흥분을 해서 그만 책상에 있는 서류를 집어던 졌다. 그 통역사는 평소에도 성격이 활발한 사람이었다. 순한 따릭 과장 이 깜짝 놀라면서 뛰쳐나간 후 나는 통역사에게 아까 왜 그렇게 서류를 던졌냐고 물었더니 그녀는 자기도 모르게 흥분했다고 해서 모두들 웃었 다. 나도 웃으면서 그 통역사에게 잠시 후에 까드리 국장이 들어오면 또 그렇게 흥분하지 말라고 부탁했다.

잠시 후 까드리 국장이 들어왔다. '왜 그러냐? 미안하다.'라는 말이 끝 나기도 전에 나는 '매번 회의 약속을 어기고 RD 사인도 안 하고 이런 상 태로는 제대로 프로젝트를 수행하기 어렵다. 나는 이 문제를 차관님께 보고하겠다.'라고 엄포를 놨다.

까드리 국장은 다시 한번 나에게 사과하면서 다시는 이런 일이 없도록 하겠다고 했다. 나는 덧붙여서 이 프로젝트에 전담자를 선임해서 항상 같이 근무하게 해 달라고 요구했다. 까드리 국장은 누가 좋겠냐고 묻길 래 라시드 과장이 좋다고 했고 까드리 국장은 그렇게 하겠다고 했다.

IT 등에 메고 지구 한 바퀴

까드리 국장(맨 오른쪽), 라시드 과장(맨 왼쪽)과 회의

그 사건으로 인해서 그 이후에 약속 시간은 잘 지켜진 편이고 특히 그 날 오후에 까드리 국장이 RD 사인한 것을 라시드 과장이 가지고 와서 그 즉시 KOICA에 가서 보고했다.

2차 방문 목표인 현황 분석을 목표대비 80% 정도 마치고 1달만에 귀국길에 올랐다.

세 번째 방문과 라마단

처음 접하는 라마단

3차 방문 기간에는 이슬람 축제 기간인 라마단과 한 달간 겹쳤다. 하지만 라마단 기간 동안에는 해가 떠 있는 동안은 먹지도 마시지도 못하기 때문에 MICIEN 직원들과 정상적으로 일을 할 수가 없다는 것이 걱정이었다.

출발 전에 이 사실을 알고는 있었지만 전체 일정상 부득이하게 진행할 수밖에 없었다. 그런데 막상 와 보니까 MICIEN 직원들은 오전 근무만 하고 모두들 퇴근하는 것이었다. 그나마 물조차도 마시지 못하는 사람들과 회의와 교육을 하자니 서로가 힘들었다. 길거리는 한산하고 MICIEN 구내식당은 물론이고 시내 식당도 모두 문을 닫았다. 그래서 숙소에서 부득이 점심 식사용으로 토스트를 만들어서 출근했는데 사무실에서 음식 냄새 풍기는 것이 미안해서 며칠 뒤부터는 우리도 오전 근무만 하고 나머지 오후는 숙소에서 일을 했다. 마침 내 방은 큰 편이라서 집주인에게 부탁해서 거실에서 10명이 일할 수 있는 책상과 의자를 마

IT 등에 메고 지구 한 바퀴

런했다. 이 숙소는 아파트 형태로 된 집인데 매일 청소도 해 주고 빨래도 해 주어서 편하게 지내고 있다.

숙소에서 일하는 필자

라마단 기간은 달의 주기를 기준으로 하기 때문에 매년 바뀐다. 한 달 동안 진행되는데 그동안은 해가 뜨고 질 때 까지는 아무것도 먹지도 마시지도 못하고 담배도 못 피운다. 해가 지면 모스크에서 확성기로 코란경이 흘러나오고 그때부터 식사를 할 수가 있는데 이때 하루 동안 참은 음식을 먹느라 폭식을 하기도 한다고 한다. 이 라마단은 가진 자가 배고프고 굶주린 자를 위해서 절식과 나눔을 하라는 것이고 저녁 식사는 친척들과 함께 나누면서 잔치 분위기이다. 그런데 아이러니하게도 라마단이 시작하기 전에 냉장고와 큰 텔레비전이 잘 팔린다고 한다. 하루는 까드리 국장의 초대로 저녁 식사에 참석했다. 라바트에서 가장 유서 깊은 호텔에 초대를 받았는데 식사 시작 전에 달콤한 과자를 먼저 먹는 풍습이 있다. 이 과자는 이스탄불에서도 먹어 봤는데 설탕 젤리같이 매우 달다. 여러 가지 음식을 먹기 시작했는데 나는 따진을 좋아해서 그것을 주문했다.

따진 요리

따진은 황토 흙으로 빚은 깔때기 모양의 그릇에 여러 가지 재료를 넣고 찌는 음식인데, 그 중에 나는 갈비찜과 같은 요리를 가장 좋아했다.

라시드 과장이 아까부터 안 보였는데 아마 하루 종일 참은 담배가 급했던 모양이다. 식사를 마치고 모로코 전통차를 마셨는데 이것 또한 달기가 그지없었다. 앗싸이라고 하는 민트차인데 이것도 투르키예에 이스탄불에서 마신 것과 같았다. 아마도 그 옛날 오스만 제국 시절에 영향을 받은 듯하다.

IT 등에 메고 지구 한 바퀴

다음 날 점심에 혹시 문을 연 식당이 있을지 몰라서 직원들과 함께 큰 길로 나섰다. 거리는 한산했고 행인조차도 별로 없는 거리에 한 군데 이태리 레스토랑이 문 연 것을 발견하고 들어갔다. 아마도 외국 관광객을 위해서 문을 연 것 같았는데 가격이 엄청 비쌌지만 할 수 없이 주문을 하고 맛있게 먹었다. 모든 식당은 해가 지고 모스크에서 안내 방송(?)이 나오면 문을 연다.

모로코 모든 국민이 이슬람교도라고 할 수 있는데 술에 엄격한 이슬람 문화와 조금 다르게 술집이 버젓이 있다. 하지만 술집 간판이 없거나 조그맣고 입구도 작다. 술집 입구에서 흔하게 보는 술병과 술잔 그리고 여자 사진은 없다. 겉으로 봐서는 술집인지 알 수가 없는데 밤에는 경비가 입구를 지키고 있다. 라시드 과장의 안내로 몇차례 들어가 봤는데 일반 술집과 별다른 게 없고 젊은이들이 많았다. 라시드 과장도 당연히 회교 도이고 회의 중간에 '살라트(예배)시간에 늦어서 지옥 가겠다.'라고 하면서 예배 시간에는 회의 중간에 사원으로 뛰쳐나갈 정도로 독실한 신자이지만, 가끔 맥주도 즐긴다. 아마도 프랑스나 스페인 식민지 환경이 약간 변화한 이슬람 문화가 형성된 모양이다. 숙소 주변엔 나이트 클럽에서 나오는 밴드 소리가 시끄럽고 젊은이들이 줄을 서 있는 모습을 흔하게 볼 수 있다.

이곳 이슬람 국가 모로코에서 오랜 시간을 보내면서 알게 된 사실이 하나 있다. 모스크뿐만 아니라 그 어느 곳에서도 이슬람교의 창시자 무하마드나 다른 어떤 숭배자의 그림 또는 조각상을 볼 수 없다. 이슬람에서는 우상숭배가 금지되어 있다. 그래서 천주교나 불교에서 흔하게 볼 수 있는 신에 모습을 표현하지 않는다는 것이다.

점심 식사를 하고 다시 숙소로 돌아와서 일을 하는데 라시드 과장이 찾아왔다. 두 팔에는 아이 몸통만 한 엄청 큰 수박이 들려 있었다. 고맙다는 말과 함께 같이 먹자고는 했지만 잠시 이야기만 나누고 이내 돌아갔다. 모로코에서 나는 과일은 뭐든지 달고 맛있다. 년중 강열한 햇빛이 내리쬐는 맑은 날씨에 지중해 기후 탓인가 보다.

라시드 과장에게 아까 시내 이태리 레스토랑에서 식사를 했다고 했더니 그 식당이 바가지로 유명한 식당이고 가능하면 오후 4시부터는 시내에 나가지 말라고 하면서 길을 건널 때 조심하라고 당부를 한다. 특히 오후 늦게 교통사고가 많이 난다고 한다. 운전사가 배가 고파서 집에 빨리 가려고 운전을 난폭하게 하기 때문이라고 한다.

숙소에서 MICIEN까지는 약 2km 정도 되는데 신사복에 운동화를 신고 늘 걸어다닌다.

이곳에는 우버 택시가 없다. 숙소에서 택시 잡기가 쉽지 않고, 대중교통은 버스나 트램이 있는데 가까운 곳에는 정류장이 없기 때문이다. 그리고 이곳에 햇빛이 너무 밝고 강렬해서 선글라스는 필수품이다.

아침 출근길 갤러리 앞에서

라바트 시내를 다니는 트램

MICIEN에 통계시스템 현황분석

MICIEN에 통계시스템 현황분석을 계속 진행하는 과정에서 조사된 IT 인프라 중에 MICIEN의 인터넷은 현재 20Mbps 회선 사용하고 있고, 지방청(DPCI)[13]의 경우 네트워크 속도 느림(1Mbps 속도이나 실제 측정 결과 300kbps 수준, 카사블랑카 기준)이었다. 2011년에 29개 지방청의 네트워크 장비 교체 및 속도 향상 작업 완료했다고 한다. 지방청(DPCI)과는 VPN으로 연결되어 있는데, 이러한 상태라면 화면에 무거운 이미지는 최소화하고 텍스트 위주로 개발할 것으로 판단된다. 즉, 지방청(DPCI) 네트워크 속도 개선은 2011년에 작업을 했으므로 추가 증설보다는 응용시스템의 신규 개발을 통하여 속도 향상을 기대할 수 있다.

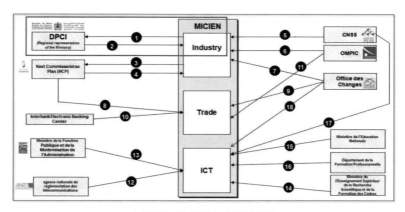

MICIEN 통계정보 연계 구성도

MICIEN 통계정보 연계 구성을 살펴본 결과 DPCI를 제외하고 모두

---

13)   DPCI(Délégations du Commerce et de l'Industrie, MICIEN 소속의 29개 지방청).

IT 등에 메고 지구 한 바퀴

이메일이나 수작업으로 자료를 확보하고 있고, 기존에 연계된 29개 지방청 이외에 신규로 네트워크 연계가 가능한 곳은 카사블랑카에 있는 OMPIC으로 판단되며 나머지는 기관 간에 협조가 어렵다는 MICIEN 측의 의견에 따라서 OMPIC만 연계해서 기업체 데이터를 받기로 했다. 그동안은 이메일 등으로 PDF 형태로 자료를 받았기 때문에 데이터의 관리에 어려움이 있었기 때문이다.

아내와 사하라 사막 여행

여행을 좋아하는 아내가 이 머나먼 모로코에 왔다.

관광지에서 손등에 헤나를 하는 아내

나는 일 때문에 바쁘기도 했고, 여행을 그다지 즐겨하는 편은 아니라서 별로 다니지 않았지만, 아내 덕분에 이곳저곳을 갈 기회가 생겼다.

라바트 부근 우다야 주택가에서

라바트 구경을 하고 나서 아내가 사하라 사막을 가 보고 싶다고 해서 하루 휴가를 내서 3박 4일 여정으로 목요일 오후 퇴근하고 라바트역에서 기차로 출발했다. 카사블랑카에서 하룻밤을 묶고 사하라사막 관광 출발지인 마라케시로 다시 기차를 타고 향했다.

마라케시역에 도착해서 예약한 호텔까지 택시를 타는데 흥정은 아내가 늘 도맡아서 했다. 언어와 무관하게 전 세계 어딜 가나 아내의 흥정은 무자비하다.

IT 등에 메고 지구 한 바퀴

마라케시 로얄호텔 정문

호텔에서 아침 일찍 일어나서 아내가 인터넷으로 미리 찾아 놓은 제나 엘프나 광장에 여행사를 찾아갔다. 이른 아침이라서 문을 아직 열지 않은 여행사 간판 중에 태극기도 있다. 한국 관광객도 많이 오는 모양이다. 아내는 그곳에서도 두세 군데 여행사에 관광 버스가 출발하기 직전까지 지루할 정도로 흥정을 되풀이한 결과 한 군데를 결정했다.

한글 광고가 있는 여행사 입구

2박 3일 여정이고 숙식 포함해서 700디르함(약 96천 원/인당)으로 계약했는데 30%를 깎은 금액이다. 계약서에 서명하는데 여행사 직원이 고개를 절레절레 흔드는 모습이 얼마나 안쓰러웠던지….

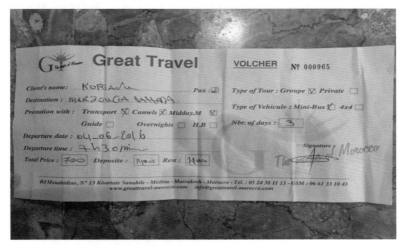

여행표(700디르함: 약 96,600원/인당)

관광버스는 16인승 미니 버스인데 스페인, 프랑스, 중국 사람들이 있었고 한국인도 1명 있었다.

관광 코스에 따라서 중간에 카사 아이트 벤 하도우에 도착했다. 이곳은 검투사(《글래디에이터》 등) 영화 배경으로 유명한 곳인데 엑스트라는 모두 이곳 주민이었다고 한다.

IT 등에 메고 지구 한 바퀴

와르자자트(사하라사막 입구)

카사 아이트 벤 하도우 안내판

영화의 나라, 모로코

카사 아이트 벤 하도우 전경

벤 하도우 성내 살림집과 당나귀

IT 등에 메고 지구 한 바퀴

카사 아이트 벤 하도우 성안에는 주민들이 살고 있다. 황토로 만든 집은 한국에 토담집과 똑같았다. 진흙에 짚을 섞어서 무너지지 않게 만든 것이다. 하지만 이렇게 만든 집 때문에 2023년 가을에 마라케시에 강한 지진에 수천 명이 사망하는 원인이기도 했다. 벤 하도우 성을 구경하고 이윽고 사하라사막 입구에 도착했다. 여기 오는 중간에 가게에서 산 터번을 머리에 두르고 낙타에 올라탔다. 터번은 안내원이 가르쳐 주는 대로 했지만 영~~ 어설프기만 하다.

아내와 터번을 쓰고 사하라 사막 출발 준비

낙타 타고 사하라 사막 여행

IT 등에 메고 지구 한 바퀴

약 1시간 정도 낙타를 타고 사하라 사막 안으로 들어갔다. 오후 늦은 시간인데 모래의 열기가 대단하다. 섭씨 40도 정도라니…. 그래서 50도가 넘는 한낮에는 사막 관광을 못 한다고 한다.

석양이 질 무렵 사막 한가운데 천막촌에 도착했다. 준비된 저녁식사를 마치고 모로코 사람들이 연주하는 음악을 들으면서 밤하늘을 보는 순간 깜짝 놀랐다. 그렇게 많은 별똥별이 떨어지는 것을 처음 본 것이다. 그 모습이 경이롭기까지 했다. 모두들 좁은 천막보다는 담요를 가지고 나와서 모래 위에 누웠다. 낮에 달궈진 모래는 따뜻하고 건조한 밤공기는 시원했다.

아내와 사하라 사막 관광을 마치고 라바트 숙소로 돌아와서 다음날은 라바트에 있는 전(前) 국왕인 핫산 2세의 묘지를 갔다.

핫산 2세 묘지 정문 근위병

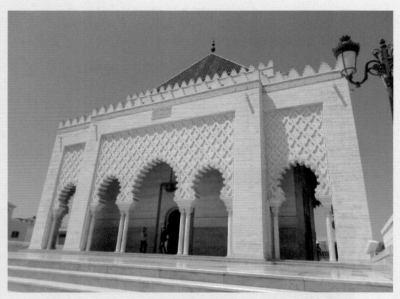

핫산 2세 묘지 건물

IT 등에 메고 지구 한 바퀴

핫산 2세가 영면한 관실

그리고 며칠 뒤 아내는 다시 일주일간 혼자서 스페인 여행길에 올랐다.

두 달간 현황 분석과 미래모델에 대한 협의 그리고 초청연수에 대한 일정 협의를 마치고 스페인에서 돌아온 아내와 귀국길에 올랐다.

담당자 한국연수 시작

모로코 MICIEN에 통계 업무 담당자를 대상으로 한국초청연수를 진행하기 위해서 오리엔테이션을 했다. 2년간 40여 명이 5명~8명씩 1주일씩 한국에 와서 통계 업무에 대한 교육과 견학을 하는 것이다.

초청연수생 오리엔테이션 모습

초청연수생 KOICA 방문

　라시드 과장을 제외하고 모두가 한국 방문은 처음이라 1차 연수생들을 대상으로 진행한 오리엔테이션에서 많은 질문이 쏟아졌다. 기대와

　　　　　　　　　　　IT 등에 메고 지구 한 바퀴

궁금한 것이 많은 모양이다. 지방청 근무자가 많은데 북쪽 탕헤르 지방청부터 남쪽 사하라 지방청까지 전국에 지방청 근무자들이 순서대로 한국초청연수에 참여한다.

한국에서 맞이한 모로코 연수생

내가 한국에 있는 동안 한국에 온 연수생들과 만나서 수료식도 하고, 라시드 과장은 아내와 함께 와서 용인 민속촌을 방문했다.

민속촌에 모습을 재미있게 구경하던 중에 형틀에 라시드 과장에게 엎드리라고 하고 그 아내에게 남편의 엉덩이를 장대로 내리치라고 하니까 처음엔 머뭇거리다가 살짝 내리쳤다. 이슬람 문화에서는 절대로 일어날 수 없는 일이라고 하면서

형틀에 묶인 라시드 과장을 매질하는 아내

매우 즐거워했다. 하지만 세게 내리치지 못한 것이 못내 아쉬운 표정이었다.

네 번째 방문, 미래모델 이슈 발생

너도 돈 내고 사 먹어

특별한 약속이 없으면 점심은 늘 MICIEN 구내 식당에서 식사한다. 뷔페식인데 여러 가지 골라서 4,000원 정도하고 빵은 무제한 리필이 된다. '홉스'라고 하는 이 빵은 모로코 사람들의 주식인데 어느 식당에 가도 나온다. 모로코 정부는 밀가루 가격을 통제하고 있고 빵 사업자에게 지원도 해 준다. 서민들의 주식이기 때문에 그렇다고 한다.

MICIEN 구내식당 고양이

IT 등에 메고 지구 한 바퀴

모로코는 어디 가나 길냥이가 많은데 식당에 이 고양이는 겁도 없이 내 어깨를 잡아당기면서 달라고 한다. '너도 돈 내고 사 먹어~'

MICIEN 구내식당 메뉴

아침과 저녁 식사는 숙소에서 하기 때문에 자주 장을 봐야 한다. 처음에는 인근에 있는 까르푸 마트를 이용했지만, 이곳이 익숙해진 다음부터는 메디나(재래시장)에도 가서도 장을 봐 온다. 낮에는 햇볕이 뜨거워서 시장에 사람이 별로 없지만 저녁 무렵이 되면 발 딛을 틈이 없이 복잡하다.

라바트에 있는 메디나(시장)

MICIEN 통계정보시스템의 미래모델이 어느 정도 완성되어서 팀 내부 검토 회의를 했다. 그런데 컨설턴트 팀원 중에 한 명이 설계 단계에 자동화도 추가하자고 한다. 나는 안 된다고 했다. 한국에서도 운영이 잘 안 되는 기능이고 통계 설계 단계에 자동화는 이곳 모로코 수준에 맞지 않고, 게다가 그것까지 개발하려면 예산이 부족하다고 했다.

하지만 그 팀원은 그래도 미래 방향 정도는 해 줘야 하지 않겠냐면서 강하게 주장했다. 결국 그 팀원의 의견대로 이번 구축 사업에는 설계에 반영하지 않고 향후 과제로 제시만 하기로 해서 모델 설계를 마쳤다. 그 기능은 통계 설계 단계에서 각종 조사표에 대한 설계를 컴포넌트로 만들어서 쉽게 적용할 수 있도록 하는 것인데 유용해 보이지만 통계 업무

처리 규칙과 항목이 표준화가 되어 있어야만 하는데 지금의 MICIEN 수
준으로는 어려운 일이다.

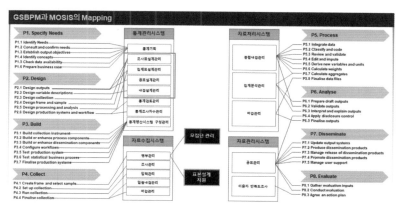

문제가 된 통계조사시스템 내에 설계자동화 부문(붉은색 박스)

미래모델 수립

한국에서 3개월 만에 모로코에 4번째 방문을 했다. 이제부턴 MICIEN
통계정보시스템에 미래모델 설계를 해야 하고, 워크샵을 통해서 설계
모델을 확정해야 한다. 그리고 초청연수를 계속해야 한다. 초청연수는
MICIEN 직원과 이와 관련된 공무원 5명~10명씩 총 8차례에 걸쳐서 진
행하고 있다.

MICIEN 통계정보시스템의 미래모델은 UN의 GSBPM(Generic Statistical
Business Process Model)을 표준모델로 했고 한국의 모델을 추가로 반영하
기로 했다. 이와 관련해서 아래와 같이 과제를 도출했다.

- Single Window
- 모집단관리시스템
- 통계조사시스템
- 메타데이터관리시스템
- 통계분석서비스
- 기업체/사업체 정보 연계
- IT Infrastructure 도입

모든 과제는 정해진 예산 내(약 30억 원)에서 구축을 해야 하므로 이를 고려해서 설계를 시작했다.

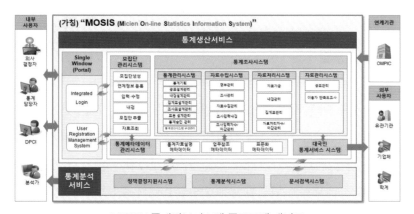

MICIEN 통계정보시스템 목표모델 개념도

미래모델 이슈 발생

MICIEN 직원들 대상으로 분석 결과에 대한 설명과 이를 바탕으로 미래모델 수립 방향을 정하기 위한 워크샵을 진행했다. 까드리 국장도 참석했고 모두들 열띤 토론을 진행했다. 지방청 근무자도 참석했고, 대부분 현업에서 통계 관련 일을 하는 사람들이라서 그런지 전문적인 내용에 질문이 많았지만 대체로 만족스러운 표정들이었다. 그리고 앞으로 사용할 시스템의 이름은 MOSIS(Morocco Online Statistic Information System)으로 정했다.

그런데 우려했던 일이 벌어지고 말았다.

통계 설계 관련 부분에 자동화도 이번 개발에 포함시켜 달라고 까드리 국장이 요구하는 것이다. 이번 사업에 불가능한 이유를 들어서 설득했지만, 마치 먹이를 보고 달려드는 여우와 같이 물러서지 않는다. 순한 따릭 과장은 조용히 있는데 평소 까드리 국장을 따르는 상업 통계 담당 앗씨아 과장이 꼭 필요한 기능이라고 거든다.

게다가 IT 부서 모하메드 과장은 서버에 관해서 당초 제공하기로 한 것이 4대인데 왜 2대로 줄었냐고 하면서 불만을 제기했다. 그 과장의 말대로 당초 계획은 서버가 4대였지만 2대로 줄이면서 용량을 크게 했는데 그 이유를 각종 소프트웨어 설치비가 많이 들고 유지보수 용이성을 고려했고 금액은 변동 없다고 설명했지만 못내 불만스러운 표정이다.

무엇보다 까드리 국장이 추가로 요구한 기능 때문에 머리가 아플 지경이다. 워크샵 종료 후에 별도로 만나서 설득했지만 요지부동이다. 그 기능의 유용성은 차지하더라도 대략 개발비를 산정해 보니까 약 3억 원 정도의 추가 예산이 필요했기 때문이다. KOICA 소장에게 보고하고 향후 대책을 논의했지만 10% 예산 증액이 쉬운 일이 아니라 소장도 난감해했다.

2차 워크샵

IT 등에 메고 지구 한 바퀴

다섯 번째 방문 라시드 과장 모친 별세

장관 보고와 이슈

다섯 번째 모로코를 방문했다. 추가 개발 건은 아직도 미해결 상태로 까드리 국장과 나와 실랑이를 벌이는 중이었고, 중간에 차관에게 보고했지만 차관 역시 난감한 상태이다. 부하 직원이 더 좋게 하려고 요구를 하는데 반대하기가 어려운 모양이다.

며칠 뒤에 컨설팅 종료 보고를 알라미 장관에게 했는데 설계자동화 부분은 제외했다. 하지만 보고가 끝나자마자 장관은 설계자동화도 추가해야 한다고 느닷없이 요구를 하면서 나서는 것이었다. 까드리 국장이 미리 보고를 한 모양이다. 나는 그 일이 어렵다는 것을 설명했지만 알라미 장관은 KOICA 소장에게 직접 다가가서 자기도 예산을 보탤 테니까 수용해 달라고 요구했다. 물론 말도 안 되는 소리이지만 KOICA 소장은 난감한 표정을 지으면서 검토하겠다고 답변했다. 장관은 나에게도 와서 악수를 청하면서 잘 부탁한다는 말까지 했다. 정말 정치인다웠고 건너편에서 교활하게 미소 짓고 있는 까드리 국장이 한없이 얄미웠다. 그리고 정년을 앞둔 본인의 욕심을 위해서 그 누구에게도 도움이 안 되는 기능을 추가해야 한다는 그녀의 주장이 원망스러웠다.

보고회 후에 MICIEN 장관이 KOICA 소장에게 부탁하는 모습

장관 보고 후에 KOICA 소장과 별도로 만나서 협의했고 예산 증액을 위한 보고서를 작성하기로 했다. ODA 사업에서 흔한 일은 아니지만 방법을 찾아보자고 KOICA 소장이 나를 위로했는데 미안하기조차 했다. 직원의 의욕이 불러온 문제로 시작되었지만 나 스스로 과업 범위를 넓힌 꼴이 되었기 때문이다.

라시드 과장 모친 별세와 장례식

추가 개발에 대한 예산 증액 보고서를 작성하는 중에 갑자기 라시드 과장의 모친이 돌아가셨다는 연락을 받았다. 그동안에도 위암 때문에

IT 등에 메고 지구 한 바퀴

고생하신다는 말은 들었다. 라바트에서 1시간 정도 걸리는 곳 자택에 빈소가 있다고 해서 모두들 조문하러 갔는데, 물론 이슬람식 장례식은 처음 가는 터라 궁금하기도 했다. 빈소가 마련된 자택 앞 공터에 검은 천막이 쳐져 있었고 문상객들이 탁자에 앉아서 홉스 빵을 먹고 있었다. 우리들에게도 빵과 민트티를 내어 주었다.

이윽고 관이 나오는데 옆으로 들고 나온다. 이상하게 생각했는데 메카가 있는 곳을 바라보게 하려고 그렇게 옆으로 관을 드는 것이고, 땅에 묻을 때도 그렇게 옆으로 매장한다고 한다. 물론 사우디아라비아에 메카가 있는 곳을 향하는 것이다.

메카를 향해서 빼곡하게 묻혀 있는 묘비들

닭고기 요리 주문에 해프닝

저녁 시간에 외식을 하려고 직원 몇 명과 함께 시내로 나섰다. 평소에 통역사와 함께 갔던 식당이었는데 이번엔 통역사 없이 들어갔다. 메뉴판에 아랍어와 불어로 써 있어서 요리 이름은 모르지만 사진이 있어서 닭고기 요리를 시켰다. 그런데 웨이터가 뭐라고 물어보는데 무슨 말인지 알 수가 없었다. 불어인 것만은 틀림없지만 말이다. 서로가 답답해하던 끝에 갑자기 그 웨이터가 자기 가슴을 두드리다가 허벅지를 두드리기를 반복했다. 몇 차례 그렇게 하니까 우리 팀원 중에 한 명이 '아하, 알았다. 가슴살? 다리살?이라는 뜻인가 봐요. 하하.' 나는 다리살을 시켰고 식사 후에 재치 있는 그 직원에게 팁을 듬뿍 주었다. 그 후에도 몇 차례 갔었는데 그때마다 내가 먼저 내 허벅지를 가르켰고 팁은 늘 듬뿍 주었다.

MICIEN 통계정보시스템 설계를 마쳤고, 이행계획 수립을 시작했다. 가장 중요한 것 2가지였다. 첫째는 예산 수립이고 둘째는 제안요청서 작성이다. 예산은 설계자동화 부분을 추가해서 산정했고, 제안요청서는 개발 사업자를 선정하기 위한 것이다.

그 사이에 까드리 국장은 정년퇴직했고 라시드 과장이 국장대행을 맡았지만, 설계자동화는 이미 결정된 일이라서 어쩔 수 없이 그대로 진행하기로 했다.

2달 동안 모로코 활동을 정리하고 귀국해서 KOICA 본사에서 개발사업자 선정을 하는 진행과정을 지원했고 제안을 했던 2개 업체 중에 한 업체가 선정되었다.

이국 땅에서 받은 생일 축하와 떡국

직원들이 나의 생일에 축하를 해 주었다. 머나먼 이국 땅에서 생일을 맞이했는데 MICIEN 직원들도 함께 자리를 해 주었다.

생일 축하

이국 땅에서 설을 지내게 되었다. 한국에서 사 온 떡국 떡으로 떡국을 끓여 먹기로 했다. 출국 전에 일행들에게도 떡국 떡을 조금씩 가져오라고 했다. 사골 국물이 필요해서 통역사와 함께 마트에 있는 정육점으로 가서 소고기 뼈를 달라고 했더니 종업원이 이상하게 쳐다보며 한 자루를 주면서 그냥 가져가라고 한다. 아마 아마도 뼈를 고아서 국물을 내어 먹는 나라는 우리나라뿐인 모양이다. 커다란 들통도 하나 사서 몇 시간을 고았다. 건물 전체에 사골 끓이는 냄새가 진동을 하고 청소부가 들어왔길래 끓고 있는 들통을 보여 주면서 국자로 떠서 맛보라고 주었더니 웃기만 하면서 먹지는 않는다. 일행 모두들 모여서 먹는 떡국이 얼마나 맛이 있던지….

모로코는 지금 전어 철이고 전어구이가 맛있다는 라시드 국장 말을 듣고 휴일을 이용해서 남쪽 해안가에 있는 엘자디다라는 곳에 1박 2일 일정으로 직원들과 함께 내려갔다. 라바트에서 시외버스를 타고 카사블랑카로 가서 다시 버스를 갈아타고 엘자디다에 도착했다. 자가용으로 가면 3시간 정도 거리였지만 자주 없는 시외버스를 이용하니까 거의 5시간 가까이 걸렸다. 버스 정류장에서 해안가까지 택시를 이용했는데 택시요금을 지불했더니 택시기사가 미터기에 금액을 확인하고 1디람까지 꼼꼼하게 거스름 돈을 챙겨 준다. 팁으로 10디람(약 1,500원)을 주었더니 슈크란(감사합니다) 하고 인사를 한다. 16세기 포르투갈에 의해 세워진 이 도시는 유네스코 세계 문화 유산으로 지정된 고요한 구 시가지로 유명하다고 한다. 도시는 매우 깨끗하고 사람들은 친절했다. 해안가로 가면서 길가에 작은 식당에서 식사하고 해안가로 가면서 숙소를 잡으려고 하는데 KOICA 소장으로부터 전화가 왔다. 내일 오전에 잠깐 보자는 것이다. 아마도 급한 일 같았다. 전어구이는 구경도 못하고 아쉬운 발걸음으로 혼자서 버스를 타고 밤늦게 라바트 숙소로 돌아왔다.

IT 등에 메고 지구 한 바퀴

엘자디다 해안가 가는 길에서

여섯 번째 방문을 끝으로 모로코여, 안녕

탕헤르 지방청 방문

여섯 번째 방문은 한국에서 선정된 개발 사업자와 함께 동행했다. 이제부터 내가 할 일은 개발 사업에 대한 PMO 역할이다. 발주자인 KOICA를 대신해서 통계시스템 개발자에게 컨설팅 결과물인 기본 설계서에 대한 설명과 개발 방향과 범위에 대한 협의를 시작으로 개발이 끝날 때까지 일정, 범위, 품질 관리 등을 수행하는 것이다.

개발팀에게 사업 설명을 하고 함께 지방청을 방문했다. 남쪽에 카사블랑카와 북쪽에 탕헤르, 페즈 지방청을 방문했다. 가는 곳마다 현재 사용 중인 통계조사시스템에 기능 개선을 요구했고 주로 검색 기능이 미약하고 입력 결과 조회 기능과 수정 기능이 미흡하다는 것이다. 지방청에 근무하는 통계 관련 담당자는 대부분 10년 이상 이 일을 하던 사람들이라서 조사 업무에 능숙하지만, 이를 분석하는 기능이 필요한 것이다.

IT 등에 메고 지구 한 바퀴

낙타가 쉬고 있는 탕헤르 해안가에서 멀리 바라보이는 스페인

    탕헤르는 스페인어이고 영어로는 텐지어라고 부르는 이곳은 영화에 자주 나오는 곳이다. 〈본 얼티메이텀〉에서는 킬러와 격투기에서 여주 인공을 보호하려고 모로코 특유의 좁은 골목에 옥상을 뛰어다니기도 했고, 〈007 스펙터〉에서는 여주인공의 아버지가 묶었던 메디나(시장) 언덕에 있는 호텔에 중요한 실마리를 찾기 위해 두 사람이 찾아간 곳이기도 하다.

    이곳 탕헤르뿐만 아니라 모로코의 구 주택지 골목은 미로와 같아서 외지인이 들어가면 큰길로 빠져나오기가 어렵다. 그곳 주민에게 물어봐도 소용이 없고 오직 GPS에 의존해야만 하는데 그조차도 하늘에 있는 인공위성이 도달하기에는 골목길이 너무 좁아서 신호가 자주 끊긴다.

탕헤르의 좁은 골목

차관 보고회

지방청 방문을 마치고 차관에게 시스템 개발 착수 보고회를 했다. 참석자는 MICIEN의 쉬하비 차관과 라시드 국장을 비롯해서 MICIEN 직원 10여 명과 한국 측에서는 KOICA소장과 프로젝트 팀원 10명이 참석했다.

MICIEN 청사 홀에서 착수 보고회 기념사진

IT 등에 메고 지구 한 바퀴

개발 착수 보고회 후에 차관 회의

아메리카노 커피의 불편한 진실

아침에는 팀원들과 함께 출근하기 전에 숙소 주변에 있는 카페에서 커피 한잔을 늘 하면서 그날의 일과에 대해서 잠깐 이야기하곤 했다.

그런데 이곳에는 아메리카노 커피가 없다. 굳이 마시고 싶으면 뜨거운 물과 큰 컵을 달라고 해서 에스프레소를 부어서 마셔야만 한다. 아이스 커피를 마시려면 주문이 더 복잡해진다. 가만히 생각해보면 전 세계에서 아메리카노를 마시는 나라는 많지 않은 것 같다. 유럽은 물론이고, 아프리카, 남미도 모두 작은 잔에 에스프레소를 마신다. 언젠가 프랑스 여행 중에 파리에 있는 어느 카페에서 아메리카노를 시켰더니 종업원이 입을 삐죽거리면서 약간 경멸하는 표정으로 나를 바라보았던 기억이 난다. 그때는 왜 그런지 모르고 불쾌하게만 생각했었는데, 아메리카노라는 커피는 이름 그대로 미국에서 생긴 것이고 미국의 커피 역사는 영국의 청교도들이 미국으로 건너가면서 시작되었을 것이다. 여기에 대해서 홍차 대신이라거나, 2차 세계대전에서 미국 병사로부터 유래되었다는 등등 여러 가지 설이 있지만, 내 생각에는 미국에 건너간 가난한 청교도들이 커피를 마시고 싶어도 비싸니까 커피에 물을 많이 타서 나누어 마신 것 아닐까? 하는 생각이 들었다. 유럽 등지에서는 아메리카노 커피를 가난 혹은 졸부의 상징으로 생각해서 업신여기는지도 모를 일이다. 게다가 얼음에 커피 넣어서 마시는 아이스 아메리카노라니…. 다시 생각해 보면 그 파리 카페에 종업원은 아메리카노를 주문한 나에게 그런 이유로 업신여기는 표정을 지은 것일지도 모른다.

숙소 부근 카페에서 출근 전 커피 한잔

IT 등에 메고 지구 한 바퀴

모로코여, 안녕

한 달 동안 개발사업자와 업무를 마치고 귀국길에 올랐다. 그런데 여기서 모로코와는 그 인연의 끝을 맺었다. 사업 기간은 아직 더 남았지만 개인 사정으로 도중에 하차를 하게 된 것이다. 아쉽고 미련이 많이 남았지만 부득이한 사정으로 후임자에게 인수인계를 하고 헤어졌다.

지난 3년 여간 여러가지 에피소드도 많았고 사람들과 정도 많이 들었다. 키 크고 순한 따릭 과장은 귀국 선물로 따진 그릇을, 늘 조용하고 통계학 박사 공부를 하는 라자 과장은 큰 유리 그릇 안에 가득히 든 모로코 사탕을 나에게 주며 헤어짐을 아쉬워했다.

천일야화
요르단

인천 공항에서 출발해서 카타르의 도하 공항에서 비행기를 갈아타고 요르단의 암만 공항에 도착했다. 장거리 비행을 자주 하니까 이제는 익숙해져서 비행기가 이륙을 하기도 전에 잠이 들곤 한다. 나는 장거리 비행을 좋아한다. 전화나 인터넷은 물론이고 회의도 없고 바쁘지 않고 그저 주는 밥 먹고 잠만 자면 되기 때문이다.

지도상 요르단 위치

카타르의 도하에서 비행기를 갈아타고 요르단의 수도 암만에 도착했다. 비교적 깔끔한 암만 공항을 나와서 먼저 와서 일을 하고 있는 동료의 안내로 호텔로 향했다. 호텔 이름이 매우 흥미롭다. 'THOUSAND NIGHT HOTEL'이다

1001일 동안 왕에게 재미있는 이야기를 들려 주고 살아남았다는 이야기를 읽었던 기억이 새롭다. 그중에 알라딘과 요술램프, 신밧드의 모험, 알리바바와 마흔 명의 도둑은 재미있고 흥미 진진하게 읽었던 기억

IT 등에 메고 지구 한 바퀴

이 수십 년이 지난 지금도 기억이 생생하다. 마침 전자책으로 연간구독을 하는 전자책을 열고 동심으로 돌아가서 다시 읽었다. 알리바바와 마흔 명의 도둑까지 읽고 나니 먼동이 튼다. 어차피 시차 때문에 밤에 잠을 못 잔다.

THOUSAND NIGHT HOTEL 야경

요르단 인구는 약 1,200만 명 정도이고 땅의 넓이는 한반도의 1/3 정도이며, 인당 GDP는 4,400USD이다. 압둘라 빈 알후세인 2세 국왕이 통치하고 있다.

요르단 전자정부 수준

　2022년 UN E-Government Survey Report에 따르면 전체 190개 국가 중에 요르단은 100위의 위치에 있으며 EGDI는 0.6081, OSI는 0.6594, TII는 0.4681, HCI는 0.6967로 발표했다.

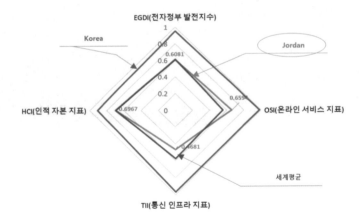

요르단 전자정부 수준

요르단 전자조달시스템 PMC

    요르단 사업은 요르단 조달청에 전자조달시스템을 설계하고 개발사업자를 대상으로 PMO를 수행하는 일인데, 이중에 내가 맡은 일은 시스템의 품질을 점검하는 것이다. 즉, 감리를 하는 것이라고 할 수 있다. 시스템 설계를 위한 컨설팅은 끝났고 이를 바탕으로 개발을 하고 있는 중이다. 모두 2번을 방문하는데 그 첫 번째 방문에서는 설계과정의 적정성을 살피는 것이다.

    이들과 회의를 할 때 요르단 사람들이 줄담배를 피우는 것이 무척이나 괴로울 정도이다. 대부분의 아랍 사람들이 그렇듯이 애연가들이 많다.

    앞서 끝난 전자조달시스템 구축을 위한 컨설팅은 BPR/

좁은 회의실에도 큰 재떨이가

ISP를 통해서 기본 설계를 수행했다. 요르단 측은 3개 조달기관(GSD,

GTD, JPD)과 국가정보기술센터(NITC), 정보통신부(MoICT) 등 모든 이해관계자의 협력을 통해서 사업을 수행하고 있다.

우리나라에서는 조달청에서 대부분의 정부조달 품목이나 공사를 취급하는 것에 비해서 이곳 요르단은 공사, 일반 물품, 의료 물품을 다루는 조달기관이 별도로 있어서 이들이 공동으로 사용할 수 있는 시스템을 구축하는 것이 중요했다.

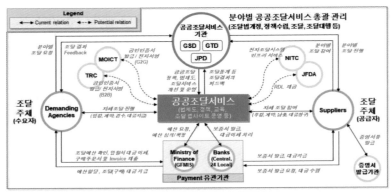

요르단 전자조달 관련 이해관계자 현황

요르단의 전자조달서비스 구축을 목표로 설계된 목표모델은 종이서류 제출로 인한 업무 생산성 저하 및 관리 부담의 경감을 위한 Single Window 기반 One-Stop 서비스를 구현하도록 구성했고 3개 기관이 공동으로 이용이 원활하도록 하는 것이다.

내가 시작한 일은 이러한 설계 사상에 맞추어서 개발이 진행되는지 살

IT 등에 메고 지구 한 바퀴

퍼보는 것이었고 그 첫 번째로 세 곳의 조달기관의 요구사항 분석과 설계에 결함이 없는지를 확인하는 것이었다. 특히 내가 맡은 분야는 DB였는데 점검 결과 몇 가지 결함이 발견되어서 개발자로 하여금 교정하도록 권고했다.

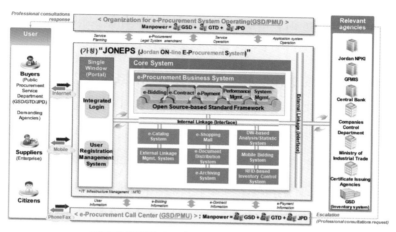

요르단 공공전자조달 목표 서비스 모델 개념도

저녁때 직원들과 시내에 있는 몇 안 되는 술 파는 가게에 가서 술을 사서(마시는 술집은 없음.) 택시를 탔다. 그런데 뒷좌석에서 술병 부딪치는 소리를 들은 택시기사가 술병이냐고 묻길래 그렇다고 했더니 당장 내리라고 한다. 악마의 물을 싣고 갈 수 없다는 이유이다. 하는 수 없이 내려서 호텔까지 걸어갔고, 호텔 방에서 마실 수밖에 없었다. 이슬람 문화권에서는 샤리아(이슬람 율법)에 따라 사람의 정신을 흐리게 하는 술이라면 어떤 종류도 예외 없이 이슬람 금기(하람, Haram)으로 여겨진다. 음식도 구별해서 돼지, 개, 고양이 등의 동물 고기, 자연사했거나 잔인하게 도살된

짐승의 고기 등 무슬림에게 금지된 음식이 하람에 속한다고 한다.

에티오피아는 이슬람교와 정교 신자가 많은 곳인데 이슬람식 도축장에서는 도살자가 소 앞에서 잠시 기도를 하고 일순간에 도살을 한다. 그렇게 해야 고통을 최소한으로 줄일 수 있고 그 도살당한 소가 천국으로 간다고 믿는다고 한다. 이렇게 도살한 고기를 할랄(Halal)이라고 한다.

다음 날은 금요일인데 휴일이다. 요르단은 금, 토가 휴일이고 일요일이 일주일의 시작이다. 아침에 호텔에서 간단하게 식사하고 주변 관광지를 찾았다. 관광을 좋아하는 사람들은 전날 퇴근하자마자 서둘러서 멀리 있는 그 유명한 페트라를 찾아갔지만 나는 그렇게까지 열성은 아니라 몇 명이 관광용 택시를 대절해서 암만 주변에 있는 로마 유적지와 사해를 구경갔다. 중동의 폼페이라고 하는 제라시 유적지는 1~3세기 로마제국의 중동 거점이었다고 한다.

그 옛날 로마는 별것도 없는 이 머나먼 사막까지 무엇 때문에 진출했는지는 알 수는 없지만, 로마 전성기에 지중해 연안에 모든 국가와 영국까지 로마의 영토였다고 한다.

제라시 로마 유적지를 구경하고 사해로 갔다. 수영객들이 모두 물에 둥둥 떠 있는 모습이 편안해 보였다. 소금 농도가 짙어서 물고기와 같은 생물은 살 수가 없다고 한다. 코발트 색의 물 주변은 온통 소금 덩어리이다. 아내에게 줄 선물로 사해에 유명한 머드팩을 하나 사고 느보산으로

제라시 로마 유적지

누보산에서 멀리 바라보이는 이스라엘 가나안 땅

향했다. 느보산은 모세가 가나안 땅을 바라보며 생애를 마친 곳이라고
한다. 사막 국경 건너면 지금의 이스라엘 땅이다.

모세 기념비

누보산에서 예루살렘까지 46km

관광을 마치고 숙소로 돌아와서 다음날 암만을 떠나 인천으로 향했다.

IT 등에 메고 지구 한 바퀴

2차 방문과 시스템 오픈 점검

　귀국한지 몇 달 뒤 시스템 오픈 전에 점검을 위해서 다시 요르단을 방문했다. 개발자들은 이미 한국의 조달시스템 개발자들이고 여러 차례 타 국가 경험도 많아서 그런지 치명적인 오류는 없었고 다만 몇 가지 국부적인 문제점이 발견되어서 이를 보완토록 권고했다. 물품코드 매핑에 몇 가지 결함이 발견된 것이다. 그 이외에는 통합테스트 결과는 문제가 없는 것으로 판단했다.

　점심식사를 하러 부근에 식당을 갔는데 엄청 길고 큰 요리가 나왔다. 현지인의 추천으로 간 식당인데 이렇게 긴 요리는 처음 보았다. 그 요리 이름은 모르지만 맛있고 배부르게 먹은 기억뿐이다.

　요르단을 두 차례 방문했고 시스템이 원활하게 가동되기를 바라면서 귀국길에 올랐다. 그런데 암만 공항에서 사고가 터졌다. 일행 중에 한 명이 마약 소지 혐의로 조사를 받게 된 것이다. 그 직원이 늘 복용하는 천마 가루가 하얀색인데 공항 검색대에서 마약으로 오인을 받은 것이다. 결국 해명이 되어서 무사히 출국했지만, 우리 때문에 비행기가 늦게 이륙했다. 기다리던 탑승객들의 따가운 눈총을 받으면서 다음부터는 오인할 물건은 아예 가지고 다니지 않는 것이 좋겠다는 생각과 함께 이륙하는 동안 곧 잠이 들었다.

엄청 긴 빵으로 만든 요리   긴 빵 안에는 각종 고기와 야채가 듬뿍

IT 등에 메고 지구 한 바퀴

○

도나우강 따라
세르비아로

인천 공항을 출발해서 이스탄불 공항에서 비행기를 갈아타고 세르비아 벨그라드 공항에 도착했다. 아직 코로나 대유행이 가시기 전이었지만, 공항에는 마스크를 쓴 사람이 별로 없었고 항공료는 여전히 코로나 이전보다 2배 정도로 비쌌다. 이번에 이스탄불은 3시간 체류라서 밖에 나가질 못했다. 지난번 여러 차례 이스탄불 공항에서 장시간 대기했을 때 소피아성당을 보지 못한 것이 후회되었지만 관광을 별로 즐겨하지 않은 내 탓이리라.

지도상 세르비아 위치

발칸반도에 있는 세르비아는 14세기 이전부터 오스트리아, 헝가리 등 주변 국가와 함께 존속해 왔고 한때는 유고슬라비아로 통합되기도 했지만, 분할 이후 2006년부터 지금의 세르비아로 유지하고 있다.

세르비아 인구는 약 700만 명 정도이고 땅의 넓이는 한반도의 1/3 정도이며, 인당 GDP는 9,393USD이다. (출처: 주 세르비아 대한민국대사관) 정치체제는 의원내각제이고 대통령은 상징적인 존재이다.

IT 등에 메고 지구 한 바퀴

세르비아 전자정부 수준

2022년 UN E-Government Survey Report에 따르면 전체 190개 국가 중에 세르비아는 40위의 위치에 있으며 EGDI는 0.8237, OSI는 0.8514, TII는 0.7865, HCI는 0.8332로 발표했다.

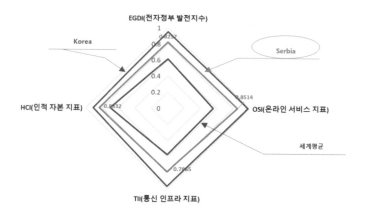

세르비아 전자정부 수준

세르비아의 전자정부 수준은 지금까지 다녔던 국가 중에서 가장 높은 수준이었고 동유럽 국가 중에서도 가장 높다. 사실 세르비아는 EU 가입을 위해서 많은 준비를 하고 있다고 한다.

그리고 우크라이나와 러시와의 전쟁으로 인해서 유럽에서 쫓겨난 러시아 기업들이 세르비아로 이동하면서 세르비아는 이득을 보고 있다고 한다. 세르비아는 친 러시아 성향이 강하기 때문이다.

세르비아를 지나가는 강은 사바강인데 다뉴브강의 주요 지류이다. 그 길이가 990km이고 헝가리, 폴란드에 연결되어 있다고 한다.

세르비아 전자정부 지원 사업

세르비아에서 하는 사업은 한국의 행전안전부 전자정부국에서 각국에 지원을 목적으로 한국지능정보사회진흥원(NIA, National Information society Agency) 직원이 파견을 나와 있다. 내가 참여한 주제는 클라우드 서비스와 인공지능 두 가지였고 나는 주로 인공지능 부문을 맡았다.

특히 이곳 세르비아에 사가(SAGA)라는 IT 회사는 내가 다니는 회사 간에 서로 왕래를 하고 MOU를 체결할 정도로 인연이 깊은 회사다. Saga Technologies는 1989년 설립한 IT 솔루션 및 서비스 제공 회사이고 직원이 500명 정도, 매출은 약 1억 달러(2021년 기준)이다. 이 회사와는 한국의 스마트시티 관련 솔루션을 공급하려고 추진 중에 있다.

인공지능관련 주제 선정

도착해서 둘째 날 세르비아 담당 공무원들과 인사를 나누었는데 주관은 총리실이고 실무는 IT&E(Office for IT and eGovernment)이었다. 내가 맡은 인공지능 부문에 관심은 많이 있지만 막상 무엇을 대상으로 할 것인지 정하는 과정이었다. 세르비아도 EU의 영향을 받아서 인공지능 부문에 투자를 하고 있지만 아직 기초 단계로 보인다.

세르비아 상공회의소에서는 AI 솔루션에 대한 지식과 구현 등 네 가지 분야에 관련된 전략과 프로젝트를 진행 중이며, 중소기업에서 관심 있어 하는 AI 솔루션 적용 분야는 Trade, e-commerce 분야라고 한다. Bio4Campus에서는 의료 서비스 디지털화를 위해 연구를 진행 중에 있다고 한다. 여러 분야에 인공지능 활용을 위한 다양한 시도를 하고 있는 것으로 보이지만 실제 적용 중인 시스템은 별로 없어 보였다.

이외에 에너지, 인구, 환경, 농업, 정부 재정(예산) 부문에 대해 광범위하게 주제 토의를 했다. 나는 한국의 사례 여러 가지를 소개했고 이곳 세르비아에 어떤 주제로 시작할 것인지에 대해서 논의했다. 한국 사례는 NIA에서 운영 중인 AI hub를 소개했고 주요 성과로는 환자의 X-Ray 사진을 AI로 판독해서 질병 유무를 알려 주는 서비스, 인구이동에 대한 서비스 등을 소개했다.

그리고 영국 스탠포드 대학에서는 Artificial Intelligence Index Report 2022에서 한국을 1.28점, 8위로 인공지능 보급률을 평가한 바가 있음을 소개했다.

총리실에 스테판 씨, 알렉산드리아 씨와 여러 차례 협의 결과 인구이동에 관한 과제를 하기로 결정했다.

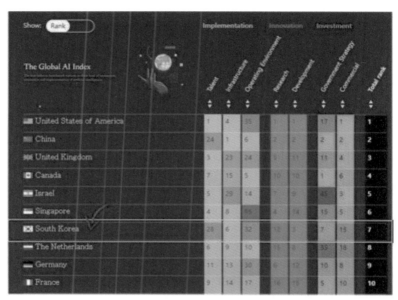

한국의 인공지능 보급률 평가 결과

세르비아 IT&E회의실에서

나는 한국의 모델을 기초해서 개념 설계를 진행했는데 한국은 통계청에서 SKT로부터 가입자의 이동 정보를 주기적으로 받아서 그 결과치를 국민들에게 서비스를 하고 있다. 그 정보는 주로 자영업 상인들이 이용하고 있으며 정확도가 높아서 많이 활용한다고 한다.

세르비아 총리실의 초대로 점심 식사를 같이 했는데 프로젝트의 성공을 기원하면서 대낮에 술을 마시는 것이었다. 이들 말로는 세르비아 전통주(라키야)라고 하는데 맛은 보드카와 비슷하고 너무 독했다. 나는 소주 한 잔만 마셔도 얼굴이 빨개져서 낮술은 되도록 피하는데 식사 전 빈속에 부득이하게 마셨더니 얼굴이 달아올라서 어쩔 줄 모르는 모습에 세르비아 사람들이 웃는다.

과제에 대한 주제 선정을 마치고 귀국길에 올랐다. 귀국 후에도 여러 차례 화상회의를 통해서 그들의 요구사항을 듣고 분석했는데 갈수록 요구사항이 복잡해진다. 처음엔 세르비아 관영 이동통신사의 데이터를 받아서 통계 DB를 만드는 것까지만 요구하더니 분석을 위한 기능까지 요구하는 것이다.

IT 등에 메고 지구 한 바퀴

대낮에 식당에서 마신 전통주 라키야

세르비아 정부 데이터센터의 고민

　귀국한 지 석 달 만에 세르비아에 두 번째 방문길에 올랐다. 내가 주로 맡은 분야는 인공지능 부문이었지만, 클라우드 서비스에 대한 부분도 일부 참여했다. 하루는 베오그라드 외곽에 있는 데이터센터를 방문했는데 바로 옆에 쓰레기 처리장이 있는 것을 보고 깜짝 놀랐다. 어떻게 이런 곳에 데이터센터를?

　데이터센터는 EBRD(European Bank for Reconstruction and Development, 유럽부흥개발은행)에서 지어 준 것이라고 하는데 2층 높이에 사방 50m 정도의 꽤 큰 건물이었다. 안에 들어가서 일부 서버룸을 보았고 나머지 서버룸에도 서버가 모두 있느냐고 물었더니 아직 대부분 비어 있다고 한다. 하지만 정부 부처에 서버를 모두 옮길 계획이라고 한다.

IT&E 데이터센터

　　　　　　　　　　　　　IT 등에 메고 지구 한 바퀴

베오그라드 외곽에 있는 데이터센터 방문

데이터센터를 다녀온 후에 총리실에서 진행한 회의에서 나는 이런 말을 했다. '정부의 모든 서버를 그 센터에 모으려면 각 부처에 입장 때문에 쉽지 않을 것입니다. 나는 2004년에 한국 정부의 서버를 한곳에 모으기 위한 BPR/ISP에 참여한 적이 있었는데 이 계획을 실행에 옮기는 데 5년이 넘게 걸렸습니다. 그 당시 이를 추진하는 행정안전부 전자정부국 실무진은 각 부처에 협조를 받기가 어려워서 기획재정부에 찾아가서 부처의 서버를 한곳에 모으면 국가 재정에 어떠한 이득이 있을 것인지 설득했고 기획재정부는 그 의견을 받아들여서 센터로 서버를 옮기지 않으면 정보화 예산을 통제하겠다고 했습니다. 그래서 결국 모든 부처에 서버가 옮겨지게 된 것입니다. 세르비아도 개별 부처의 설득보다는 한국과 같은 방법을 쓰는 것이 바람직하다고 생각합니다.'라고 말했다, 모두들 수긍은 했지만, 쉽지는 않은 표정들이었다.

총리실 회의 모습

총리실 회의를 마치고 부근에서 저녁 식사를 했다. 마침 퇴근 시간이라서 시내는 매우 복잡했다.

IT 등에 메고 지구 한 바퀴

베오그라드 구 시가지 전경

숙소 부근에 모스크바 호텔이 있는데 베오그라드에서 가장 유명한 호텔이라고 한다. 1906년에 개업했고, 1, 2차 세계 대전을 거치면서 숙박 시설 이상의 역사적 가치가 있다고 한다.

베오그라드 모스크바 호텔

유동 인구에 관한 통계정보서비스

　세르비아 담당자 알렉산드리아 씨가 유동인구에 대해서 추진하고자 하는 이유는 세르비아 국민들은 물론이고 외국인들에 대한 유동성을 파악하고자 하는 것이었다. 그리고 인구가 줄고 있는 도시에 대한 원인 파악도 주요 목적이라고 한다.

　나는 한국에 있을 때 알렉산드리아 씨로부터 이메일로 받은 자료에서 세르비아 통계청의 역할이 매우 미약하다는 것을 알 수 있었다. 인구통계도 UN, WHO, WB에서 조사한 결과를 제공받았다고 한다. 아마 그래서 총리실에서 직접 인구통계 자료를 생산하려고 하는 모양인 것이다. 즉, 한국과 같이 통계청에서 주기적으로 방문 조사하는 인구통계 이외에 이동전화를 이용해서 실시간 유동인구 정보를 활용하기 보다는 인구통계를 손쉽게 생산해서 그 정보를 필요시에 활용하려는 목적이 더 강한 것이다.

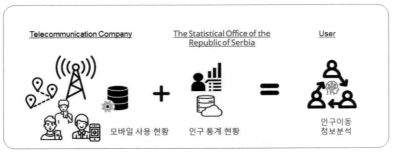

모바일 기반의 인구이동 통계서비스 개념도

나는 우선 세르비아에 상주하고 있는 NIA 센터장과 협의했고 이번 사업에서는 개념적인 설계와 향후 구축 사업으로 추진하기 위한 예산과 제안요청서를 작성을 지원하기로 했다.

세르비아 총리실에 스테판 씨와 알렉산드리아 씨는 나에게 Sombor 시(세르비아 북서부에 위치한 보이보디나 자치주의 도시)를 모델로 구성해 달라고 했다. Sombor시는 1995년에 68,593명이었으나 점차적으로 감소하여 2021년에는 60,358명(UN, WHO, WB 추정)으로 추정하고 있다.

알렉산드리아 씨의 요청에 따라서 시나리오를 만들었다. 본 시나리오는 Sombor시의 인구감소 요인을 최근 5년간 세율 증가(15%), 회사감소(30%), 범죄율 증가(20%)가 높은 분포를 차지하였고, 이에 대한 정책 대안으로 세율을 감소시키고, 치안을 강화하여 3년 뒤에는 Sombor시에 인구가 다시 증가(유입)될 것으로 가정했다.

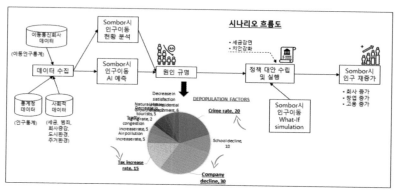

Sombor시 인구이동 시나리오 구성도

가장 중요한 데이터 확보는 국영통신사 탄유그(Tanjug)로부터 데이터를 받기로 했고, 그 기술적인 방법은 가장 보편적으로 사용하는 웹서비스를 적용하기로 했다. 1차 방문 후에 이곳에 오기 전에 SKT 담당자와 통계청 담당자에게 협조를 요청했는데 그 결과에 따르면 SKT의 경우에 가입자의 이동 데이터를 수집하기 위해서 기술적으로 고려해야 할 사항들이 많다는 것을 알게 되었다. 기지국 간에 이동 데이터가 유실되거나 왜곡되는 경우도 흔하게 있다는 등 쉽지만은 않을 것으로 예상했다. 탄유그 회사의 기지국 데이터 수집 방법에 대해서는 추후에 알아보기로 했다.

그리고 통계청에서는 인구이동의 기준 설정이 중요하다고 강조했다. 가입자가 일정 기간 동안 동일 지역을 반복해서 주 야간으로 이동한다면 집과 직장이라고 판단하는 등에 기준이 그것이다.

개인정보에 대한 관리도 중요하다. 세르비아는 EU의 기준에 부합하도록 개인정보보호법이 있고 이동 데이터는 가입자 개인을 특정하지 않도록 해야 한다.

난항을 거듭하는 인구이동통계와 인공지능의 접목

이동통신사의 데이터를 연계하는 것 이외에 통계시스템은 몇 차례 차례 경험이 있어서 어려움은 없었지만, 문제는 인공지능의 접목이었다.

IT 등에 메고 지구 한 바퀴

특정 도시의 인구 유입과 유출 원인을 파악하기 위해서는 Sombor시에 시나리오와 같이 사회, 경제 등 다양한 이동변수를 설정해야 하는데 이동변수의 설정과 기초 데이터의 확보 그리고 가중치 등등 고려해야 할 변수들이 너무 많은 것이 문제였다. 내가 쉽게 할 수 없는 영역이기도 하다. 여러 가지 연구 보고서와 책을 찾아봤지만 이해하기도 어렵고 세르비아에 그 변수에 맞는 데이터 확보가 더 큰 문제였다. 이에 대해서 알렉산드리아 씨와 센터장과 협의했지만, 쓸 만한 답변을 듣지는 못했다.

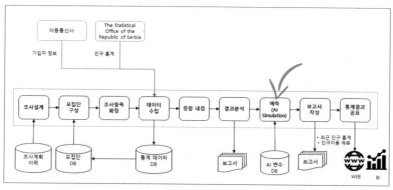

인구이동에 관한 AI 변수 적용 흐름도

며칠간 Chat-GPT 혹은 Gemini와 같은 AI 솔루션을 검토했지만 정확하고, 풍부하며, 지속적으로 동일 영역에 데이터 확보가 어려운 상태에서는 이러한 것들도 무용지물이라서 포기했다. 게다가 이러한 AI 솔루션들은 아무리 유료회원이라도 데이터 출처를 명확하게 제시하지는 않기 때문에 정부의 통계데이터로 사용하기에는 무리가 있다.

인공지능 때문에 복잡해진 머리도 식힐 겸 휴일에 택시를 타고 시내 구경을 나섰다. 세르비아에서는 우버 택시와 같은 것이 있어서 가끔 그 앱(Yandex)을 이용했는데 시외에서는 잡기가 어려웠지만 시내는 비교적 잘 잡혔다.

베오그라드 시내에 있는 성 마르코 성당

저녁에 성 마르코 성당 앞에서 열린 민속 콘서트

IT 등에 메고 지구 한 바퀴

이틀간 시내 구경과 한가롭게 시간을 보냈지만 며칠이 지나도록 인공지능에 대한 답을 구하지 못해서 걱정이 되었다. 결국 인공지능을 적용하기 위한 이동변수에 대해서는 차기 사업으로 넘기기로 하고 이번 사업에서는 개념적인 모델만 다루기로 했다. 알렉산드리아 씨도 인공지능을 위한 변수 데이터 확보에 많은 부담을 느껴서 우선은 이동 데이터 통계만이라도 설계해 달라고 나에게 요청했다.

이에 따라서 인공지능 기반의 인구이동 통계 정보서비스모델을 구성했고, 이동통신 데이터 연계 방안, 모집단 설계, AI 변수 관리, 시스템 기능과 DB 인프라 설계를 진행했다.

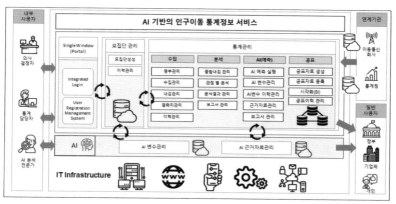

인공지능 기반의 인구이동 통계 정보서비스 구성도

그리고 후속 사업으로 진행해야 할 상세 설계와 개발의 범위를 정하고 예산을 산정했다. 그리고 이번 사업 이후에 후속 사업은 우리 회사도 참여할 예정이라서 특히 더 신경을 썼다.

개념 설계와 후속 사업 준비를 마치고 종료 보고회를 가졌는데 총리실에 담당자들이 매우 만족했고 하루 빨리 개발하기를 원해서 다행이었다.

코로나 검사와 양성반응

출국을 위해서 코로나 검사를 받았는데 일행 중에 한 명이 코로나 검사에서 양성 반응이 나와서 출국을 못 하게 되었다. 카메룬과 같은 사건이 생긴 것이다. 부득이하게 그 직원은 일주일 더 잔류하게 되었다. 병원에 가야 할 정도로 심하진 않아서 나는 부근 약국에서 감기 몸살약을 사고, 당분간 식사할 수 있는 음식물을 사서 전달했다. 나머지 직원들과 공항으로 가면서 카메룬과 같이 또 격리를 하게 될까 봐 걱정을 했지만 다행히도 입국 검사만 하고 격리는 없었다. 하지만 아프리카에서 입국하는 사람들은 3일간 격리한다고 한다.

후속 사업에 제안

귀국 후 몇 달 뒤에 후속 사업에 대한 제안을 하기 위해서 모로코에서 같이 컨소시엄으로 일했던 통계진흥원과 이번에도 공동 제안을 하기로 했다. 내가 PM을 맡았고, 현지 사업 실적과 인구이동 통계에 대한 전문가도 확보한 터라 충분하게 준비했고 수주에 자신 있었지만, 결과는 처참하게 참패였다. 3개 업체가 경쟁했는데 3등을 한 것이다. 제안에 참여했던 모든 사람에게 낯 뜨거운 일이었지만, 이미 지나간 일 '세상은 넓고 사업은 많다!'.

푸라비다!
행복의 나라
코스타리카~

머나먼 중남미에 코스타리카로 가기 위해 인천 공항에서 비행기에 올랐다. 보통의 경우에 남미 노선은 미국에 시카고, 아틀란타 등에서 환승을 하는데 항공료가 너무 비싸서 파리 경유 노선을 선택했다. 코로나가 끝난 지 2년이 지났는데도 아직 항공료는 코로나 이전 수준으로 내리지 않고 있다. 코로나 이전에는 280만 원 정도였는데 그 이후 아직도 330만 원이다.

파리에서 8시간 대기해야 하기 때문에 드골 공항 부근에 호텔에서 쉬려고 공항 밖을 나서면서 백팩에서 태블릿을 꺼내려는 순간 비행기에 두고 내렸다는 것을 알았다. 기내에서 그 태블릿으로 영화를 보다가 잠이 들면서 좌석 왼편 구석에 끼워 둔 것이 기억 난 것이다. 다시 입국 수속을 하고 공항 탑승구 쪽으로 가서 아직 일하고 있는 에어프랑스 승무원에게 사정 이야기를 했더니 짐 찾는 곳으로 빨리 가 보라는 것이다. 허둥지둥 날라 가다시피 뛰어 내려갔지만 아무것도 없이 빈 컨베이어벨트만 빙글빙글 돌고 있을 뿐이었다. 하는 수 없이 다시 공항을 나와서 셔틀 전철을 타고 호텔이 있는 곳까지 2 정거장을 갔다. 호텔방에서 샤워를 하고 쉬지도 못한 채 노트북을 켜고 분실물 신고를 하기 위해서 에어프랑스 홈페이지에 들어갔다. 그런데 내가 이용한 노선이 비행기는 에어프랑스이지만 운행은 대한항공이 한 것이라서 분실물 신고 과정이 복잡했다. 간신히 분실신고를 하고 나니까 기진맥진 잠이 들었다. 4시간 정도 자고 나서 분실신고 진행과정을 확인해 보니까 에어프랑스로부터 접수는 잘 되었고 기다려 달라는 메시지가 와 있었다. 그 태블릿은 내가 회의록 등등 수시로 요긴하게 사용하는 것이고 아들이 선물로 준 것인데….

IT 등에 메고 지구 한 바퀴

다시 드골 공항에서 코스타리카행 비행기를 타고 수도 산호세 부근에 있는 후안 산타마리아 국제 공항에 내리니까 따가운 햇빛과 더운 날씨가 중남미에 온 것을 실감나게 한다.

코스타리카는 1821년 스페인으로부터 독립했고 국가 면적은 한반도의 1/4 정도다. 인구는 510만 명, 인당 GDP는 13,116USD이다. 특이한 것은 군대가 없다는 것이다. 1949년에 군대 조직을 폐쇄하고 경찰만 있다고 한다. (출처: 주 코스타리카 대한민국대사관)

특히 코스타리카는 2021년 5월 OECD에 가입한 국가로서 경제발전 속도를 가속화하는 중이다.

지도상 코스타리카 위치

코스타리카 전자정부 수준

　　2022년 UN E-Government Survey Report에 따르면 전체 190개 국가 중에 코스타리카는 56위의 위치에 있으며 EGDI는 0.7659, OSI는 0.6812, TII는 0.7572, HCI는 0.8593로 발표했다. 남미를 통틀어서 브라질 다음으로 꽤 높은 수준이다.

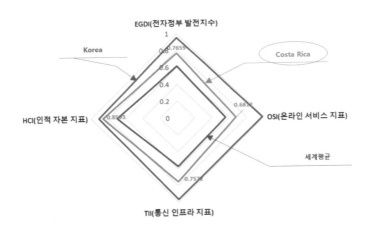

코스타리카 전자정부 수준

　　국민들의 교육 수준이 높은 반면에 정부의 정보서비스는 비교적 약하다.

카리브 연안에 있는 코스타리카(Costa Rica)는 스페인어로 '풍요로운 해안'이라는 뜻이고, 영화 〈쥬라기공원〉을 주 배경으로 여러 차례 촬영한 곳이라고 한다. 호텔 숙소로 가는 길에 열대 우림이 잘 보존되어 있는 것이 눈에 띄었다. 그리고 화산이 많은데 아직도 용암이 흐르는 곳도 있고 온천도 많다고 한다.

마중 나온 한국인 통역사(스페인어)에게 길거리에 인디오 원주민이 별로 안 보이고 모두 백인들인데 왜 그런지 물어보니까 16세기 스페인 군인들을 통해 전염된 홍역과 천연두 등으로 거의 멸종되다시피 했다고 한다.

코스타리카 세 가지 주제

    코스타리카 사업은 디지털 헬스케어 상호운용성, 디지털 ID, 웹 접근성 이렇게 세 가지로 구성되어 있다. 이 사업은 한국의 행정안전부 전자정부국에서 지원하는 사업이고 세르비아와 같이 현지에 한국지능정보사회진흥원(NIA) 직원이 파견 나와 있다. 코스타리카는 과학혁신기술통신부(MICITT, Ministry of Science, Innovation, Technology and Telecommunications)에서 이 사업을 주관하고 있다.

- **디지털 헬스케어 상호운용성**

    디지털 헬스케어 상호운용성은 병원에서 다루는 의료 정보의 공유 방안을 수립하는 것이다. 한국은 EMR(Electronic Medical Record, 전자의무기록)에 대해서 의료법에 명시해서 각 병원에서 의무적으로 사용하도록 했고 그 표준도 정해져 있고 인증제도도 있다. 그 의료정보의 상호운용성을 확보해서 의사 간에 협진과 신약 개발, 의료 기술의 발전 등을 위해서 그 데이터를 활용하고 있다.

IT 등에 메고 지구 한 바퀴

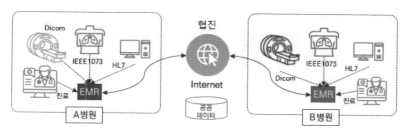

EMR 데이터의 상호운용성 개념도

- **디지털 ID(DID)**

  DID는 디지털 서명 혹은 증명서를 의미하는 것으로서 한국에 모바일 운전면허증 등이 이에 속한다.

- **웹 접근성**

  웹 접근성은 장애인이나 고령자가 웹 사이트에서 제공하는 정보를 비장애인과 동등하게 접근하고 이용할 수 있도록 보장하는 것으로서 시각장애인이나 청각장애인이 웹 사용이 쉽도록 화면을 프로그래밍하는 것이다.

  한국에서는 웹 접근성에 대해서 장애인 관련 법령에 명시적으로 요구하고 있으며, 웹 접근성 인증에 대해서 공공기관의 홈페이지는 모두 적용을 하고 있고, 큰 기업체의 홈페이지도 대부분 웹 접근성 인증을 시행하고 있다.

  이 사업에 PM을 맡은 나는 4개월 동안 체류를 해야 하기 때문에 숙식이 가능한 곳을 에어비앤비를 통해서 구했고 출퇴근은 처음 며칠은 우버 택시를 이용했지만 불과 2km 정도였기 때문에 특별한 일이 없으면 도보로 걸어 다녔다.

Pura Vida! 행복하세요~~

우리가 근무하는 곳은 MICITT 건물 내에 있다. 첫날 출근해서 자리에 앉으니까 어떤 여성 직원이 커피와 차 등을 가져왔다. 감사의 답례로 한국에서 가져온 전통 부채를 주었더니 무척 좋아한다. 코스타리카 사람들은 매우 낙천적이다. HPI[14]에 의하면 코스타리카는 HPI를 처음 발표하기 시작한 2006년부터 늘 상위권이고 1위도 여러 차례였다.

RANK	COUNTRY	Life expectancy	Wellbeing	Carbon footprint	HPI SCORE and change since 2019
1st	Vanuatu	70.4 years	7.10/10	2.02 tCO2e	57.9 (+2.8)
2nd	Sweden	83.0 years	7.40/10	8.70 tCO2e	55.9 (+1.9)
3rd	El Salvador	70.7 years	6.40/10	2.03 tCO2e	54.7 (-2.5)
4th	Costa Rica	77.0 years	6.40/10	4.37 tCO2e	54.1 (-7.6)
5th	Nicaragua	73.8 years	6.10/10	2.61 tCO2e	53.6 (-0.3)
6th	Denmark	81.4 years	7.70/10	10.04 tCO2e	53.0 (+1.6)
7th	Spain	83.0 years	6.50/10	7.12 tCO2e	53.0 (+0.8)

The 2021 Happy Planet Index

2021년 HPI 상위 국가(출처: NEF 홈페이지)

---

14)   HPI(Happy Planet Index, 영국 신경제재단 New Economics Foundation이 3~4년마다 발표하는 '지구행복도지수').

IT 등에 메고 지구 한 바퀴

2021년 조사 결과 일본 49위, 한국 76위이다.

이것은 코스타리카 사람들이 낙천적이라는 것을 단적으로 증명하는 지표라고 할 수 있다. 특히 이들이 하는 인사말 중에 푸라비다(Pura Vida!)라는 말이 있다. 직역하면 '행복한 인생!'이라는 뜻인데 '행복하세요!'라는 특별한 인사말로 쓰인다. 이 말을 하면 모두가 좋아하고 같이 '푸라비다!'라고 말해 주기도 한다.

내가 근무하는 정보통신부 건물 현관 경비원이 남녀 2명 있는데 나에게 늘 친절하고 웃음으로 맞이해 주었다. 하루는 내가 출근하면서 먼저 '푸라비다~'라고 인사했더니 너무 좋아하면서 같이 '푸라비다~'라고 하는 것이었다. 길가나 시장에서 보이는 소시민의 생활에 물질적인 풍요로움은 그다지 좋아 보이지는 않지만 길거리에 모두가 웃는 낯이다.

하루는 퇴근길에 시내에 갈 일이 있어서 호출한 우버 택시 뒷좌석에 앉았더니 기사가 갑자기 앞좌석으로 앉으라고 손짓을 한다. 영어로 왜 그러냐고 물어보니까 스페인어로 'Legal'이라고 하는 것 같은데 알아듣지를 못하겠다. 부득이 앞자리에 앉아서 퇴근하고 다음 날 통역사에게 물어보니까 코스타리카는 법적으로 우버 택시가 불법이라고 한다. 그래서 정규 택시 기사들이 다른 자가용 뒷좌석에 탑승객이 앉는 것을 보면 우버 택시라고 판단하고 경찰에 고발한다는 것이다. 그런데 아이러니하게도 우버 택시 기사들도 세금을 낸다고 한다.

주홍색 바지의 정보통신부 장관

    착수 보고회가 있는 날 아침부터 매우 바쁘게 움직였다. 정보통신부 장관에게 보고를 하는 날이고, 한국 대사도 참석해서 축사를 하기 때문에 내가 보고할 내용도 중요했지만 격식도 중요했다.

    모든 준비가 끝나고 이윽고 장관이 입장했다. 그런데 주홍색 바지를 입은 미모의 여성 장관이라니….

축사를 하는 정보통신부 장관

IT 등에 메고 지구 한 바퀴

너무나 자유분방한 장관이 축사를 끝내고 나에게 악수를 청하길래 '푸라비다~'를 써먹었다. 깜짝 놀라고 너무나 좋아하면서 같이 '푸라비다!'라고 하던 그분의 모습이 아직도 눈에 선하다.

디지털 헬스케어 상호운용성

　이 주제의 추진을 위해서 보건부를 방문했고, 몇 개의 공공병원도 방문했다. 이 주제는 내가 최근에 한국에서 모 병원 ISP를 했기 때문에 잘 알고 있었고 무엇부터 해야 하는지도 잘 알고 있었기 때문에 코스타리카 현황 파악을 해서 단계적으로 접근이 가능한 방법을 찾고자 했다.

　현황분석을 한 결과 코스타리카는 중남미 국가 중에 보건의료 체계의 안정성과 서비스가 좋다고 한다. 특히 코스타리카 공공의료 서비스는 100% 무료이며 국적에 상관없이 모든 환자를 무료로 진료와 치료를 해 주고 있다. 그래서 주변에 니카라과, 파나마 등에서 환자들이 오기도 한다고 한다. 그러다 보니까 예약이 밀리고 진찰과 치료를 받기 위해서 몇 달이나 기다려야 하는 불편이 있어서 부유층은 민간병원을 찾는다고 한다.

　게다가 공공병원의 의사는 별도로 개인 병원을 운영하고 있어서 자신이 근무하는 공공병원에 환자가 찾아오면 자기가 운영하는 개인병원에서 치료받기를 권한다고 한다.

EMR은 보건부에서 개발한 시스템(EDUS, Unified Digital Health Record)을 전체 공공병원이 사용 중에 있다. 2012년 IDB(Inter-American Development Bank)의 지원으로 사회보장청(CCSS)을 통해 단일전자건강기록(EDUS) 시스템을 개발했다.

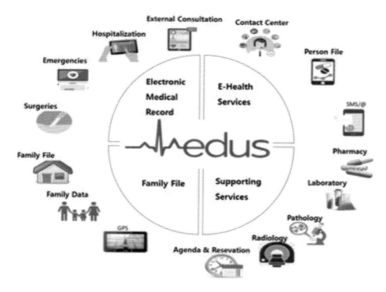

코스타리카 보건부의 EDUS 서비스 구성도

1차 의료기관을 시작으로 현재 1~3차 모든 수준의 공공의료기관에서 EDUS 이용하고 있으며, 전자의무기록 및 진료정보교류시스템이 구축되어 있어서 공공병원 간에는 상호운용성이 이미 적용되고 있다고 할 수 있지만, 국제표준화 미흡, 데이터 접근 관리 미흡, 데이터 활용에 어려움 등 기능성, 보안성, 상호운용성에 한계가 있어 보였다.

코스타리카는 2023년 2월 대통령 행정명령을 통해 보건의료 분야 디지털화를 위한 법적 기반 마련했고 2023년 10월 보건부는 디지털 헬스 선두 국가를 비전으로 디지털 헬스 혁신을 위한 로드맵(2023-2030) 발표할 정도로 의료 정보화 부문에 매우 적극적이다.

그래서 이 사업을 처음 시작할 때는 디지털 헬스케어 상호운용성 주제가 가장 관심 있는 주제였지만, 이 사업을 시작하면서 그 우선 순위가 뒤로 밀렸다. 코스타리카 보건부가 갑자기 미온적인 태도로 바뀌었기 때문이었다. 그 이유를 정확하게는 모르겠지만, 아마도 복잡한 의료 업계에 이해관계 때문에 그런 것이 아닐까 하는 추측뿐이다. 그래서 부득이 OECD 국가로서 그 수준에 맞도록 그래서 상호운용성을 위한 국제 표준안을 제시하고, GDHP[15] 가입을 하도록 권유하는 것으로 마무리하기로 했다.

---

15)   GDHP(Global Digital Health Partnership)는 '18. 2월 호주 보건부에서 구성한 국제 협의체로 디지털 헬스케어 정책 경험 공유와 협력방안 모색을 목적으로 운영 중이고, 한국을 비롯해서 33개국* + WHO + OECD + I-DAIR가 참여 중에 있음.

디지털 ID(DID)

　디지털 ID는 정보통신부에서 가장 주력하는 과제이다. 코스타리카는 디지털 신분에 대해서 TSE(Tribunal Supremo de Eleccione, 대법원/선거위원회)와 BCCR(Banco Central de Costa Rica, 중앙은행)가 있고 그 외에도 운전면허, 장애인 등록 등이 있다. 각 기관별로 목적에 맞게 따로 개발하고 운영 중에 있어서 이들에 대한 상호운용성을 위해 정보통신부의 역할이 중요해 보였다.

　이 중에 TSE와 BCCR이 가장 활발하게 디지털 ID를 관리하고 있는데 특히 TSE가 선거와 관련해서 대부분 국민의 ID를 관리하고 있기 때문에 가장 많고 정확하다고 한다. 한국의 운전면허증에 대한 소개와 이를 기반으로 새롭게 구축하는 방안을 제시했지만, 이미 코스타리카에서는 TSE가 그 인프라를 구축하고 국민들이 보편적으로 사용하고 있기 때문에 그 시스템을 보완하는 형태로 추진하기로 했다.

　현재는 ID 카드를 제공하고 있지만 모바일 시스템으로 추진하고 싶어 하고 있고, 한국에서는 모바일이 대세이므로 그 기술을 전수하는 방향으로 협의를 한 것이다.

웹 접근성

코스타리카인 중에 웹 접근이 취약한 장애인이나 노약자를 위한 웹 접근성 향상 방안에 대한 주제는 시작부터 매우 어려운 출발을 해야 했다. 왜냐하면 장애인 차별 금지법이 있지만 이것은 UN에서 권고하는 수준 정도만 형식적으로만 있을 뿐이고 실제는 적용을 못하고 있었기 때문이다. 예를 들어서 건널목, 주차장, 건물 등 장애인의 물리적인 편의 제공이 아직 없는 상태에서 웹 접근성 편의를 거론하는 것은 아직 시기상조로 보였다.

코스타리카에 CONAPDIS(국가장애인위원회)는 국가적인 장애에 관한 공공기관으로 웹 접근성에 대해서 무척 관심이 많지만 미국이나 한국과 같이 법에 명시적으로 제시해서 개정을 하기에는 아직은 어렵다는 입장이다.

웹 접근성 관련 기술적 조치는 대부분의 국가들이 미국의 WCAG[16]를

---

16) WCAG(Web Content Accessibility Guidelines, 인터넷의 주요 국제 표준 기구인 미W3C의 웹 접근성 이니셔티브(WAI)의 웹 접근성 가이드라인).

바탕으로 자국의 실정에 맞게 적용하고 있고, 한국도 K-WCAG를 제정해서 활용하고 있다. 그래서 이를 준수하고 있다는 것을 각 기관에 대표 홈페이지에 게시하고 있는 것이다.

한국의 웹 접근성 인증 마크

웹 접근성 담당 컨설턴트는 코스타리카에 정보통신부, CONAPDIS 담당자와 협의 끝에 코스타리카가 향후에 적용할 웹 접근성 지침을 제정하기로 하고 한국의 K-WCAG를 보완해서 C-WCAG를 제정하기로 했다. 한국형 웹 콘텐츠 접근성 지침 2.2는 4가지 원칙과 각 원칙을 준수하기 위한 14개 지침 및 해당 지침의 준수 여부를 확인하기 위해 33개의 검사 항목으로 구성되어 있다.

아내와 함께

　머나먼 코스타리카에 아내가 왔다. 모로코와 마찬 가지로 평일에는 아내 혼자서 시내 관광을 하고 휴일에는 같이 구경을 다녔다. 통역사의 안내로 부근에 화산과 자연공원을 구경했는데 수천 년에 밀림이 그대로 보존된 것이 정말 놀라왔다.

아레날 화산을 배경으로 사진 찍는 곳(구름다리 공원)

IT 등에 메고 지구 한 바퀴

아레날 화산 국립 공원에서 자라고 있는 열대 식물

밀림 숲에 있는 자연공원에는 나무늘보가 살고 있는데 아쉽게도 직접 보지는 못했다.

나무늘보에게 먹이를 주지 마세요

아내와 호텔 부근에 있는 아레날 화산 입구까지 올라갔지만 정상은 늘 구름 때문에 볼 수가 없다고 한다. 아레날 화산은 높이는 1,657m이고, 2010년에도 분화한 활화산이다.

IT 등에 메고 지구 한 바퀴

아레날 화산 전경

밀림과 화산 관광을 하고 호텔로 돌아와서 온천을 즐겼다. 따뜻한 온천물에 몸을 담그고 다시 방에 와서 마신 맥주 한잔에 피로가 싹 가신다. 1박 2일에 짧은 관광이었지만 영화 〈쥬라기 공원〉의 분위기를 만끽하기에는 충분했다.

평일 오후에 아내와 함께 산호세 시내에 있는 박물관을 찾았다. 이곳은 과거에 국방부가 있었던 곳이라고 하는데 군대를 폐쇄한 후에 박물관으로 이용하고 있다고 한다.

산호세에 국립박물관 전경(구 국방부)

박물관 안에는 원형 바위가 있다. 원형 바위는 "돌 구슬"(Bola de Piedra)이라고 불리는 석조 조각인데 이 바위는 직경 약 1.5m, 무게 15톤에 달

IT 등에 메고 지구 한 바퀴

하는 거대한 안산암으로, 고대 코스타리카 원주민 문명에 의해 만들어진 것으로 추정하고 있다.

국립박물관에 돌 구슬

아내는 월요일에 곧바로 인접 국가인 파나마로 여행을 떠났다. 며칠 뒤 아내가 돌아온 후에 부득이한 사정이 생겨서 후임자에게 업무 인계를 하고 아내와 함께 귀국하게 되었다. 짧은 기간이었지만 코스타리카 사람들과 아쉬운 정을 남기고 헤어졌다.

한국에 돌아오니 에어프랑스에서 메일이 왔다. '미안하지만, 당신의 태블릿은 찾지 못했다. 보상받기 원한다면…'

잉카의 나라,
페루

네덜란드 암스테르담에서 비행기를 갈아타고 페루의 수도 리마 부근에 있는 호르헤 차베스 국제 공항에 착륙했다. 미주 노선이 아니고 암스테르담을 거쳐서 지구 반대편으로 돌아가는 노선을 택한 이유는 페루에서 귀국한 다음 날 바로 다시 다른 나라로 출국해야 하는데 미주 항공편에는 이 일정에 맞는 것이 없었기 때문이었다.

보름간 페루 출장 후에 귀국해서 그다음 날 다시 보름간 요르단에 가야 하는 것이다. 무리한 일정이지만 어쩌겠는가? 나의 일정에 여러 명 직원 일거리가 달려 있으니….

공항 이름이 궁금해서 마중 나온 통역사에게 물었더니 페루 최초의 조종사 이름을 딴 것이라고 한다.

지도상 페루 위치

페루는 1821년에 스페인으로부터 독립했고, 인구는 약 3,300만 명이고

IT 등에 메고 지구 한 바퀴

수도 리마에 약 1,000만 명 정도 산다고 한다. 국토 크기는 128만km²(한반도의 약 6배), 1인당 GDP: 7,090USD이다. (출처: 2023.05 주 페루 대한민국대사관 홈페이지)

페루 전자정부 수준

2022년 UN E-Government Survey Report에 따르면 전체 190개 국가 중에 페루는 59위의 위치에 있으며 EGDI는 0.7524, OSI는 0.8099, TII는 0.6267, HCI는 0.8207로 발표했다.

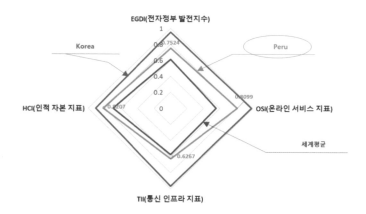

페루 전자정부 수준

IT 등에 메고 지구 한 바퀴

형사사법관리시스템

    페루는 2가지 사업을 했는데 그 첫 번째는 한국의 형사사법관리 시스템에 대한 소개와 자문이었다. 페루 법무부의 요청에 따라서 한국에 법무부가 지원을 하는 것이다. 나는 과거에 한국의 형사사법관리시스템(KICS, Korea Information System of Criminal Justice Services) 구축 사업에 PMO로 참여를 한 적이 있었던 인연으로 가게 된 것이다.

    주요 자문 대상 기관은 페루의 ACCEDE(Programa Modernización del Sistema de Administración de Justicia/법무부시스템 프로그램 현대화 관리청)이며, ACCEDE는 페루의 법무부 소속기관으로서 각 사법기관의 정보화 사업을 추진하기 위한 기관이다.

    페루의 사법기관은 경찰, 검찰, 법원, 교정국(법원 소속), 헌법재판소가 있으며 각 기관마다 독립적이고 개별적으로 형사사법정보를 관리하고 있고, 동일한 정보가 이중으로 관리될 뿐만 아니라 기관 간 정보의 흐름과 공유는 부분적으로 단절되어 있다. 이러한 문제를 해소하고자 ACCEDE에서 상호운영성확보를 기관의 목표로 삼고 2015년에 상호운영성에 대한 컨설팅을 IDB에서 수행했고, 2016년에도 2차 컨설팅을 수행하고 있다. 하지만, 2015년에는 페루의 내무부 산하 경찰청 등 5개 기관에 대한 상호운영성 준비도에 대한 조사 및 분석과 평가만을 했고, 2016년도 11월부터는 페루 사법기관 전체를 대상으로 컨설팅을 진행하고 있으나, 개념적인 수준으로 진행이 될 것으로 추정하고 있었다.

도착한 다음날부터 ACCEDE에서 근무를 시작했다.

ACCEDE 회의실에 관련 기관(법원, 검찰, 경찰, 교정국 등) 담당자들이 순차적으로 방문해 왔고 이들을 대상으로 한국의 KICS에 대해서 소개했다. 많은 질문들이 있었는데 그중에 사건 정보의 상호운영성을 확보하기 위한 방법에 가장 많은 관심이 있었다.

며칠간 ACCEDE에 찾아온 각 기관에 담당자들을 대상으로 회의를 진행했고 그 후에 일정에 따라서 내가 직접 각 기관들을 방문했다. 그중에 헌법재판소를 방문했는데 담당자와 회의 중에 갑자기 헌법재판소장의 부름을 받게 되었다. 헌법재판소장은 방문해 줘서 고맙다는 인사와 함께 나에게 선물까지 주었다.

토요일엔 리마 시내 구경을 나섰다. 페루에는 마추피추나 나스카, 쿠스코 등 잉카 문명의 유적지가 많이 있지만 거리도 멀고 시간도 부족해서 그냥 시내 구경과 박물관 관람에 만족하기로 한 것이다. 동행 직원에게는 하루 휴가를 하고 그곳에 다녀오라고 했지만 그 직원도 별로 내켜

페루 헌법재판소장으로부터 선물을 받다

하지를 않았다. 짧고 바쁜 일정 탓이리라.

리마 시내 식당에서 아보카도샐러드를 시켰는데, 가격은 매우 싸고(약 5,000원) 정말 신선하고 양도 많고 맛이 좋았다.

리마 식당에서 먹은 아보카도샐러드

라르코 박물관에는 정말 수많은 잉카제국 시절에 유물이 전시되어 있었다. 서민이 사용한 듯한 점토 인형부터 금관에 이르기까지 다양했다.

대통령 궁 앞에서

산크리스토발 언덕에서 내려다 본 리마시 변두리

라르코 박물관에 인형

　　　　　　　　　　　　　　　IT 등에 메고 지구 한 바퀴

페루 대법원

　　이틀간 시내 관광을 마치고 다시 업무를 시작했다. 어떤 날은 시간이
부족해서 회의실에서 도시락을 주문해서 ACCEDE 직원들과 같이 먹기
도 했다.

ACCEDE 회의실에서 점심 식사

현재 페루 검찰은 경찰로부터 수사 관련 연관된 문서를 전달받고 처리하는 과정에서 이미 경찰에서 작성된 동일한 사건 정보를 새로 작성하여 시스템에 입력하는 등 중복된 업무를 하고 있다. 사건 관련 문서를 법무부에 발송할 시에도 작성된 기소문은 사건 담당자가 직접 서명한 문서 건에 대해서만 공문서로 인정됨에 따라 직접 담당자가 전달하는 방식을 채택하고 있다.

페루의 헌법재판소는 법원의 모든 사건 판결 관련 자료 원본을 받아서 검토 후에 다시 법원에 회송하고 있다. 법원으로부터 받은 자료는 헌법재판소의 정보시스템에 메타정보 정도만 입력을 하고 있는 실정이다. 그래서 법원의 판결 관련 번호와 헌법재판소의 관리 번호가 일치하지

IT 등에 메고 지구 한 바퀴

않아서 애로사항이 많은 것으로 파악했다. 한국은 유사한 문제점에 대해서 2004년부터 사법기관 간에 사건 정보의 상호운영성을 위해서 정보화를 시작했고 2008년도부터 법원, 검찰, 경찰시스템을 연계하고 2010년경부터 일반 시민에게 사건 정보의 일부를 공개하기 시작했다.

페루의 형사사법에 관한 환경과 현황 분석을 마치고, 사법기관 간에 정보 공유를 위한 향후 추진 방향에 대해서 아래와 같이 관리적 요건에 대해서 권고했다.

첫째, 전자문서가 형사재판에서 증거가 될 수 있는 전자문서의 증거 채택에 관한 법률을 신규로 제정을 하거나 기존 유사 법률이 있다면 개정해야 한다.

둘째, 정보기술의 발전 속도를 고려해서 법률 개정에 시간적 낭비 요소가 없어야 한다. 즉, 형법에 전자문서에 대한 규정을 두게 될 경우, 개정하기 쉽지 않은 형법을 지속적으로 개정해야만 하는 절차상에 지연 등의 문제가 발생할 수 있다. 그래서 법에서는 원칙적인 부분만 제시하고 하위 규정 등에 변화하는 정보기술을 반영하도록 해야 한다.

셋째, 각 사법기관별로 정의되어 있는 내부 규정에 대하여 상호운용성 확보를 위한 전자적 처리의 규정을 마련하여야 한다. 즉 범 국가 차원의 법률 제/개정 이외에 각 사법기관 자체적인 근거가 있어야 한다는 뜻이다. 예를 들면 형사소송규칙, 검찰사건사무규칙, 사법경찰관리집무규칙, 범죄수사규칙 등이다.

넷째, 각 사법기관 간의 상호운영성을 유지 및 관리를 하는 통제조직 (제3의 기관)이 필요하다. 사법기관(경찰, 검찰, 법원, 법무부, 헌법재판소)은 각 자 독립적인 기관이고, 경찰로부터 시작된 사건 관련 문서(사건 조서 등)가 법적 진행 절차에 따라서 타 기관으로 이관이 되어야만 하는 법적 특성 때문에 이를 전자적으로 관리(표준, 공유 정보의 적법성, 정보연계기술의 호환성, 정보시스템 보안기술 등)하여야 하며, 이러한 관리적이고 기술적인 합의 업무를 각 기관 간에 다자간(N:N)으로 할 수는 없기 때문이다. 관리적 요건 에 대한 권고 이외에 상호운용성을 위한 기술적 요건도 설명했다.

ACCEDE 측에서는 이러한 권고에 대해서 충분히 이해를 했고, 구체적 인 추진 방안에 대해서 계속 지원해 줄 것을 요청했다. 시스템으로 구축을 하는 경우 IDB에서 자금을 지원받기로 했으므로 예산 수립까지 해 달라는 것이다. ISP(Information Strategic Planning)를 해 달라는 뜻이다. 하지만 이번 자 문의 범위를 넘어서는 것이므로 나는 본국에 돌아가서 보고를 하고 계속 진행 여부에 대해서는 한국의 법무부가 연락을 할 것이라고 답변했다.

ACCEDE 직원들과 외부에서 식사를 하고 사무실로 가는 중에 길거리 에서 바나나를 파는 곳에서 제일 큰 바나나를 사서 사무실로 들어갔다. 마침 청소를 하는 아주머니가 있어서 몇 개를 주었더니 막 웃으면서 이 바나나는 그냥 먹는 것이 아니고 요리를 해서 먹어야 한다고 한다. 껍질 을 벗겨서 먹어 봤더니 너무 딱딱하고 단맛도 별로 없었다. 그 아주머니가 내가 준 바나나를 구워서 가져온 것은 고소하고 맛이 좋았다.

엄청 큰 바나나

2주간의 일정을 마치고 다시 만나게 되기를 바라면서 석별의 정을 나누고자 ACCEDE 직원들과 같이 저녁 식사를 했다.

사실 IDB(International Develop Bank/미주개발은행)가 100억 원 정도로 추정되는 시스템 구축 예산을 지원한다면 한국에 KICS 개발 업체가 응찰을 할 기회가 되기도 하기 때문에 나 역시 보고서 작성에 신경을 썼고, 귀국 후에 법무부에 제출한 보고에서도 이에 대해서 피력을 했다.

스마트시티, 전자문서 공유, EA

몇 년 뒤 페루에 또 다른 사업을 위해서 2번째 방문을 하게 되었다. 이번엔 미국 달라스 공항을 경유했다.

몇 년 만에 내린 호르헤 차베스 국제 공항은 수많은 관광객들과 뒤섞여서 여전히 어수선했다. 공항 택시를 타고 에어비앤비로 예약한 리마 시내로 가는 중에 노트북이 들어있는 백팩을 공항에 두고 온 사실을 알고 급하게 차를 돌려서 다시 공항으로 갔다.

짐이 3개인데 그 중에 한 개를 미국 달라스 공항 검색대에서 풀어헤친 것을 다시 싸는 등 그 짐들을 챙기는 바람에 정작 제일 중요한 내 백팩을 두고 온 것이다. 공항 안내소에 가서 사정 이야기를 했더니 분실물 센터에 가 보라는 것이다. 그곳에 갔더니 다행히도 내 백팩이 있었다. 백팩을 열어 보니까 노트북은 그대로 있었지만 현금이 없어졌다. 분실물 센터 직원에게 말했더니 어깨만 으쓱거릴 뿐이다. 큰 돈은 아니라서 다행이었다. 나는 늘 현금을 가방과 옷 주머니에 분리해서 넣고 다닌다.

한국에서 동행한 직원은 나를 포함해서 4명이다. 한국에서 인터넷으로 에어비앤비로 예약한 방도 4개인데 사다리를 타서 정했다. 그런데 막상 도착해 보니 방 4개 중에 1개는 부엌 옆에 방이고 침대 한 개만 있는데 방문도 없고 옷장도 없었다. 내가 그 방을 쓰겠다고 했더니 그 직원이 극구 사양을 하면서 그냥 쓰겠다고 한다. 나중에 알았는데 페루에 가정집은 항상 가정부가 쓰는 방이 그렇게 따로 있다고 한다. 그래도 그렇지 사람이 사는 방이면 문은 만들어 줘야지….

여러 가지로 사건이 많은 날이었다. 장거리 비행에 백팩 사건, 방 사건 등 너무 피곤해서 샤워도 못 하고 그대로 쓰러져 잠이 들었다. 시차 때문에 잠을 자는 둥 마는 둥 아침에 일어나서 모두들 가져간 컵라면으로 간단하게 아침 식사를 하고 페루 담당자가 근무하는 총리실로 이동했다. 대통령 궁 부근이었다. 현관에서 페루 담당자를 만났고 잠시 회의하면서 인사를 나누었다. 근무 장소는 다른 곳이었는데 은행들이 많은 번화한 중심가에 있는 건물이었다.

이번 사업의 주제는 세 가지였다.

- **페루 Enterprise Architecture 도입을 위한 사전 타당성 조사**
  페루 정부의 정보화 자산을 체계적이고 표준화된 형태로 관리 및 활용하기 위한 EA(Enterprise Architecture) 도입 컨설팅을 추진하여 페루 정부가 표준적으로 활용할 수 있는 참조모델을 제시하고 다양한 활용방법 및 효과를 제시하는 것이다.

- **행정정보 공유 대상 발굴 및 행정정보-전자문서 공유 플랫폼 설계**

  정부의 행정서비스를 받기 위해 국민이 서류 제출 등으로 다수의 기관을 방문하는 불편을 감소시켜 대국민 서비스를 개선하고, 행정-공공-금융기관 등이 행정 정보를 공동 활용하여 제출 서류 감축함으로서 민원 창구를 효율적으로 개선하는 것이고 주관 부서는 총리실(PCM), 디지털정부국(SEGDI), 보건부(MINSA)이다.

- **스마트시티 기반 도시통합관제시스템 구축 사전 타당성 조사**

  급속한 도시화에 따른 교통, 환경오염, 범죄, 빈부격차, 에너지 등 다양한 문제를 감시카메라의 확충으로 해결하고자 하며 대상 지역은 TACNA시, 리마시의 SAN ISIDRO구이다.

리마 시내 건물 사무실에서

IT 등에 메고 지구 한 바퀴

페루 Enterprise Architecture 도입을 위한 사전 타당성 조사

　페루 총리실 소속의 디지털정부국에서는 날로 늘어나는 정보 자원 관리에 고심하고 있었고 이에 해결책으로 EA를 도입할 것을 검토하고 있는 것이다. 한국도 2000년 초부터 이를 도입해서 운영 중에 있다.

　EA 도입을 위해서는 업무 프로세스와 물리적인 자원에 대한 표준이 필요하다. 각 참조모델을 수립해야 하는 등 많은 준비가 필요함을 설명했고, 페루 측에서도 이를 이해했지만 자신들이 추진하기에 역부족이라면서 여러 가지 고충도 있는 것 같았다. 아무리 총리실이지만 각 부처에 EA 도입을 위한 지시와 협조를 얻기가 만만치 않은 모양이다.

행정정보 공유 대상 발굴 및 행정정보-전자문서 공유 플랫폼 설계

　페루 정부는 부처 간 혹은 공공기관 간에 정보 공유를 원활하게 하기 위해서 PIDE[17]를 운영 중에 있지만 이것은 시민들이 정부의 웹사이트에 접근할 때 필요로 하는 신원확인시스템이다. 분석 결과 PIDE에는 기관 간에 전자문서를 공유하는 기능도 있지만 특정 기관만 지원하고 있었고, 페루 정부는 정부의 대국민 웹서비스를 확대하기 위해서 기관 간에 보유한 데이터를 어떻게 확대해서 공유할 것인지가 관건인 것이다.

---

17)　PIDE(Programa Integral de Desarrollo Electrónico)는 페루 전자정부국(CEGOB)에서 추진하는 국가 전자서명 및 신원확인시스템. 시민들이 온라인서비스를 안전하고 편리하게 이용할 수 있도록 개인 신원 확인, 전자서명 발급 및 관리, 온라인 거래 보안 등을 제공.

한국은 2005년에 시작했고 지금은 경찰청 등 36개 기관에서 제공하는 자동차 운전면허증 등 165종의 정보를 공유하고 있다. 이러한 정보를 이용하는 기관은 교육부 등 70개의 중앙행정기관과 서울시 등 243개 지방자치단체, 166개 교육청, 288개 공공기관, 28개 금융기관이 대민서비스에 활용하고 있다. (출처: 행정정보공유센터 홈페이지, 2024.06)

페루에 이러한 서비스를 구축하기 위해서는 두 가지 방법이 있는데 대민서비스 대상을 발굴하고 이에 맞는 정보를 보유한 기관 간에 공유 체제를 개발하는 것이 있고, 다른 한 가지는 전체 기관에서 보유한 정보를 수집해서 대민서비스를 개발하는 것이 있다고 설명했다. 페루 측에서는 1안으로 대민서비스를 발굴하는 방안을 선택했다. 그래서 페루 부처별 대국민에게 제공되는 서비스 업무 현황 조사 → 행정 기관의 행정정보 공동 이용 서비스 현황 조사 → 행정서비스 혁신 대상 발굴 및 단기, 중기, 장기 추진 대상 선정을 하는 순서로 진행하기로 했다.

문서 공유 플랫폼 설계 과제는 한국에서 출발할 때부터 심각한 이슈가 있었다. 페루 현지에서 근무하는 NIA 담당자가 페루에서 사용하는 플랫폼(PIDE)에 기술적인 분석을 위해서는 이를 잘 아는 프로그래머급 기술자가 추가로 와야 한다고 강하게 요구하는 것이었다. 며칠 동안 설득한 끝에 내가 우선 그 시스템을 보고 기술자가 더 필요할지 협의하겠다고 했던 것이다.

페루에 도착해서 그 시스템(PIDE)에 대해서 설명을 듣고 분석해 보니까 PIDE Platform에서 관리하고 있는 ESB는 WSO2 제품을 사용하고 있었다. WSO2는 Open source 시스템으로서 ESB 기반에 SOAP 방식에 연계를 지원하고 있다. 이로써 현재 운영 중인 시스템은 별도의 프로그래머 추가 파견 없이 기술적인 분석은 끝났다. 자칫 프로젝트 예산에 차질을 빚을 뻔했다.

그리고 페루 측에 현재 SOAP 방식으로 파일 단위로 공유하는 것을 Rest 방식의 메시지 단위로 공유할 것을 권고했다. 현재 PIDE는 각 기관의 연계를 지원하고 있지만, 각 연계 기관 간의 업무를 지원하는 응용프로그램이 없기 때문에 이에 대한 개발이 필요하다고 권고한 것이다. 그 이유는 현재 기관 간에 연계하는 정보는 pdf 파일 단위인데 이것을 메타데이터로 관리하게 하기 위한 것이다.

퇴근길에 인도에서 사람들이 뭔가 돈을 주고받는 장면을 보게 되었다. 통역사에게 물어보니까 환전상이라고 한다. 페루는 이렇게 공식적으로 정부로부터 허가 받은 사람들이 일정한 복장(조끼)을 갖추고 길거리에서 환전을 해 주고 있는 것이다. 나도 마침 페소가 필요해서 달러로 페소를 바꾸었는데 숙소 부근에 은행보다 환율이 좋았다.

길거리 환전상

스마트시티 기반 도시통합관제시스템 구축 사전 타당성 조사

　도시통합관제시스템 구축 사전 타당성 조사 진행은 스마트시티 구축 대상 도시를 선정하여 스마트시티 비전 및 부문별 미래모델 정립을 수행하기로 했다. 대상 도시는 페루 최남단에 칠레와의 국경도시 TACNA시와 수도 리마시의 SAN ISIDRO구로 정했다.

　도시통합관제시스템은 CCTV 관제를 의미하는 것이고, 페루에는 이미 도시 곳곳에 CCTV가 설치되어 있다. 하지만 충분치가 못하거나 인공지능 등 새로운 기술을 도입하고 싶어하고 있는 것이다.

　과제 담당 컨설턴트와 나는 우선 가까운 리마시에 SAN ISIDRO구를 방문했다.

　이곳에 관리자와 면담을 했는데 모니터 요원 한 명이 20여 개의 CCTV를 모니터링해야 하기 때문에 중요한 사건 현장을 놓치는 경우가 많다고 한다. 그래서 한국에서는 점차 인공지능형 CCTV를 설치하고 있는 추세이다.

　나는 몇 년 전에 전라남도 도청을 대상으로 인공지능형 CCTV를 설계한 적이 있었다. 이 시스템의 초점은 두 가지였는데 첫째는 카메라에 포착된 장면에 대해서 사고 혹은 범죄를 자동으로 식별하는 것이고, 둘째는 범죄자가 타 지역으로 이동했을 때 그자가 이동한 지역에 CCTV에 찍힌 얼굴이 동일인인지를 판단하는 것이었다. 이것을 구현하기 위해서는 저장된 수많은 화면을 대상으로 기계학습(Machin Learning)을 해야만 하기 때문에 시간과 비용이 많이 든다. 이러한 기술은 중국이 매우 발달되어 있다고 한다. 하긴 10억 명을 대상으로 축적된 데이터가 오죽 많으랴….

리마시 산 이시드로구 관제센터

며칠 뒤 비행기를 타고 페루 최남단의 도시 따끄나(Tacna)시를 방문했다. 이곳은 칠레와의 국경도시인데 칠레에서 마약이 넘어오는 길목이라고 한다. 대낮에도 골목에서는 마약 거래가 빈번하게 있으니까 골목길은 가지 말라고 담당자가 신신당부를 한다.

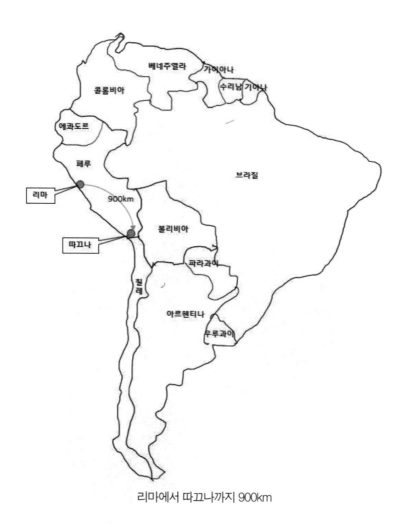

리마에서 따끄나까지 900km

IT 등에 메고 지구 한 바퀴

따끄나시 CCTV 관제센터

따끄나 국경 부근에 있는 버스 터미널에 갔다. 담당자는 이곳에는 칠레 사람들이 장사를 하러 많이 오기도 하고 마약 거래도 빈번한 곳이라서 CCTV가 있지만 부족하기도 하고 성능이 떨어져서 제 구실을 못한다고 한다. 꽤 큰 터미널 내부에 CCTV가 2대뿐이다.

담당자의 안내로 따끄나 시장실을 찾았다. 반갑게 맞이하는 시장은 우리에게 많은 지원을 부탁한다는 말과 함께 자기도 한국에 방문한 적이 있다고 한다.

따끄나 국경 버스 터미널에 CCTV

따끄나시 시장과 함께

IT 등에 메고 지구 한 바퀴

저녁 식사를 하러 식당에서 여러 가
지 고기 스테이크를 주문했는데 접시
위에 친절하게도 각각의 고기 이름이
적힌 깃발이 꽂혀있고, 처음 먹어본 것
들인데 맛이 좋았다.

페루는 감자가 처음으로 생산된 곳이
라고 한다. 그 역사도 8,000년 전부터
있었다고 한다. 외부에 알려진 것은 16
세기쯤 스페인 사람들이 유럽으로 가져
가고 그 이후에 전 세계로 퍼졌다고 한

접시 위에 고기 종류를 알려 주는
귀여운 깃발

다. 리마에는 국제감자센터가 있고 여기서 여러가지 품종 개발을 한다
고 한다. 그 감자의 종류가 무려 3,000종이 넘는다고 하니까 요리 방법
도 다양할 것이다.

따끄나 식당에 감자 요리

통역사가 따뜨나에 오면 꼭 가 볼만한 먹자골목이 있다고 해서 가 보았다. 택시에서 내리자마자 여기저기 식당에서 고기 굽는 구수한 냄새가 진동한다. 입맛을 다시며 어느 식당으로 들어가서 통역사가 주문을 하고 우선 맥주 한잔부터 걸쳤다. 이윽고 다 구운 고기가 나왔는데 모양이 좀 이상했다. 꾸이라는 동물인데 쥐목 고슴도치과에 속하는 동물이라고 한다. 꾸이는 페루가 원산지이며, 돼지같이 통통하다 해서 영문명으로는 기니피그(Guinea pig)라고 이름 붙여졌다고 한다. 우리나라에서도 애완용 동물로 잘 알려져 있다.

먹어 보니 맛은 있었지만 쥐고기라니….

꾸이(Cuy), 영문명은 기니피그

이틀 동안 따끄나시를 방문하고 다시 리마로 돌아왔다. 다음 날 토요일이라 시내 구경을 나섰다.

페루에 와서 놀란 것이 있다. 페루 인디오들의 모습이 몽골 사람들과

IT 등에 메고 지구 한 바퀴

너무나 닮은 것이다. 피부색, 다부진 체격과 얼굴이 사각형이고 광대뼈가 나온 모습이 바로 그것이다. 미국 출장 때는 인디언을 눈여겨본 적이 없어서 모르겠지만 이곳 남미에 잉카 문명의 발상지에 인디오는 몽골 사람들과 너무나 흡사하게 닮은 것이다. 빙하기 이전 인구 이동설에 공감이 간다.

리마 시내 공원에 모여 있는 전통 복장의 인디오

리마 시내

IT 등에 메고 지구 한 바퀴

페루에서 가장 일반적인 퀵서비스 Grab

페루는 해안국가이고 특히 리
마시는 해안도시라서 그런지 해
물요리가 다양하고 신선하다. 게
탕 같은 것을 먹었는데 매콤하기
도 해서 한국의 해물탕 맛과 비슷
했다.

페루 해물탕

페루에는 잉카콜라라는 음료
수가 있는데 환타 맛 비슷하지만
매우 맛있어서 매일 한 병 이상 마셨다. 페루에서 코카콜라보다 더 많이
팔리는 음료수라고 한다.

페루에서 코카콜라보다 더 많이 팔린다는 잉카콜라

IT 등에 메고 지구 한 바퀴

후기

전자정부의 가치와 소프트웨어 수출

투키디데스의 함정(Thucydides Trap)이라는 말이 있다. 이것은 신흥국이 부상하면 기존의 강대국이 이를 견제하는 과정에서 전쟁이 발생한다는 뜻이다.

내가 이를 다시 해석해 보면 선진국이 개도국의 발전을 억제하는 수단으로 원조가 악용된다고 생각할 수도 있다. 아프리카 전역에 소형 발전기가 그 대표적인 사례이고, 짐바브웨에 특허관리시스템이 바로 그것이다. 원조에만 의지하고 스스로 발전의 기회를 잡지 않는 국가일수록 더더욱 신흥국으로 부상하지 못하는 것이다.

우리나라는 유엔(특히 미국)의 원조를 기반으로 전쟁으로 폐허가 된 땅에서 산업을 발전시켜 선진국 계열까지 올라온 전 세계에서 유일한 국가이지만 오랜 세월 동안 원조를 받으면서도 가난과 질병에 시달리는 개도국이 많은 이유는 원조의 부정적인 면이 작용하기 때문이 아닐까 생각해 본다.

내가 그동안 방문한 국가는 동남아시아, 아프리카, 중동, 동유럽, 남미에 이르기까지 12개 국가에 20여 개 프로젝트를 하면서 지구 한 바퀴를 돈 셈이다.

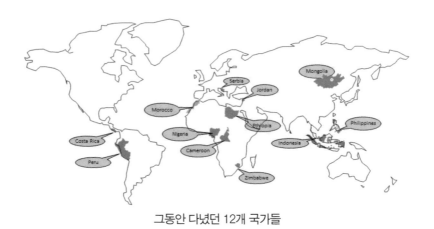

그동안 다녔던 12개 국가들

돌이켜 보면 그동안 많은 일들이 있었지만, 내가 느낀 점 두 가지는 전자정부의 가치와 소프트웨어 수출에 관한 것이다.

· **전자정부의 가치**

나는 진공관 시절에 태어나 트랜지스터 시절에 학교를 다녔고 지금은 AI가 활개치는 IC 시대에 살고 있다.

기술은 늘 변화하고 발전하는데, 특히 정부의 행정서비스를 지원하는 정보시스템을 뜻하는 전자정부는 정보통신기술을 활용해서 우리 국민들의 일상생활에 많은 영향을 주고 있다.

나는 전자정부의 가치를 크게 세 가지로 나눈다.

첫째, 정부의 투명성과 책임성 강화이다. 전자정부는 정부의 정보와 의사결정 과정을 투명하게 공개함으로써 국민의 참여와 감시를 쉽게 한다. 이는 정부의 책임성을 강화하고, 부정부패를 예방하는 데 기여한다. 예를 들어, 전자정부를 통해 정부의 예산 집행 내역, 정책 결정 과정 등이 공개되면, 국민은 정부의 활동을 더 쉽게 이해하고, 감시할 수 있다.

둘째, 국민 편익 향상이다. 전자정부는 국민이 언제 어디서나 인터넷을 통해 정부 서비스를 이용할 수 있도록 제공한다. 이는 국민의 시간과 비용을 절약하고, 편리함을 제공한다. 전자민원센터를 통해 민원 신청, 세금 납부, 운전면허증 발급 등 다양한 민원 서비스를 온라인으로 처리할 수 있다.

셋째, 정부 효율성 향상이다. 전자정부는 정부의 업무처리 과정을 자동화하고, 부처 간에 정보의 공유와 협력을 촉진함으로써 정부의 효율성을 향상시킨다. 전자정부를 통해 정부기관 간 정보 공유가 원활해지면, 업무 처리 시간이 단축되고, 중복 업무가 줄어들 수 있다. 이는 곧 국가재정의 낭비를 줄일 수 있는 것이다.

그 첫 번째 정부의 투명성 및 책임성 강화가 내가 생각하는 전자정부 가치의 핵심이다. 내가 그동안 다녔던 개발도상국가들도 이러한 목적으로 전자정부 관련 시스템을 도입하고 있다. 전자조달, 전자관세 등이 그것들이다. 국가의 재정을 제대로 관리하고 싶어 하는 것이다.

모든 국가는 특별한 경우를 제외하고 그 사회의 기반이 되는 법제도, 정치 등의 요소들에 의해서 지탱하고 있다. 특히 정부의 청렴도가 높은 선진국은 국민들이 풍요를 즐기면서 살고 있지만, 내가 그동안 다녔던 폐쇄적인 독재 국가나 정치가 불안정한 국가에 국민들은 그렇지가 못하다. 그 어느 것 하나가 모든 것을 결정하는 것은 아니지만 특히 정부의 청렴도는 국민 삶에 많은 영향을 주는 것만은 사실이다. 나는 전자정부가 이러한 정부의 청렴도에 많은 영향을 주고 있다고 확신한다. 은폐된 정부의 부패요소들을 예방하고 밝혀 주는 역할을 하기 때문이다.

나는 국가 수준을 경제력보다는 부패지수를 중요하게 본다. 모든 것이 법 질서와 이를 집행하는 정부의 투명성에 따라서 국가경제와 국민의 삶이 결정되기 때문이다. 즉 GDP가 우선이 아니고 부패지수가 우선이라고 생각한다. 가난과 질병은 정부의 부패로 증폭되기 때문이다. 2023년 부패 인식 지수[18]에 따르면 180개 국가 중에 1위는 덴마크(90점)이고 한국은 32위(63점)이다. 아직 정부와 정치인의 청렴 노력이 많이 필요하다는 뜻이다. 전자정부 수준과 정부의 투명성에 관계는 여러 가지

---

18) Corruption Perceptions Index, CPI는 독일에 있는 국제투명성기구(TI)에서 매년 발표하는 국가별 청렴도 인식에 관한 지표.

요인이 있겠지만, 전자정부가 정부의 청렴도에 영향을 미치는 것만은 분명하다. 한국과 덴마크가 좋은 사례이다. 덴마크는 2018년부터 3회 연속 전자정부 순위 1위이고 국가 청렴도도 1위이기 때문이다.

대통령이 91살이 되도록 장기집권을 하는 카메룬과 국왕 체제의 요르단은 한국에서 제공한 전자조달시스템을 운영 중이고, 극심한 내전에 시달리고 있는 에티오피아와 잉카제국의 페루는 한국에서 제공한 전자관세시스템을 운영 중에 있다. 모두가 국가재정에 투명성을 확보하기 위한 노력들이다.

아무튼 내가 다녔던 국가들에 컨설팅을 했던 전자정부시스템이 그 나라 정부의 투명성과 편익성 그리고 효율성에 기여하게 되기를 바랄 뿐이다.

• 소프트웨어 수출, 수출의 길

우리 모두가 잘 알다시피 한국은 지하자원이 별로 없는 나라이고 내수시장 규모가 작기 때문에 원료나 원자재를 수입해서 가공하고 제품을 생산해서 수출해야만 국민 모두 삶의 질을 향상시킬 수 있는 구조다.

반도체와 같은 중간재에서부터 자동차, 스마트폰, 선박, 가전제품 등 완제품에 이르기까지 수출하는 대부분의 제품들이 그렇다. 하지만 두 가지 문제가 있다. 첫째는 원자재 수급이 원활하지 못하면 수출에 차질을 빚을 수밖에 없고, 둘째는 제조업의 경우 중국의 세력이 전 세계에 영향을 미치고 있어서 한국 제품의 수출에 적신호가 켜지고 있다는 것이다. 이것은 자연스러운 경쟁의 진행과정이라고 할 수 있다. 일본을 추월한 우리와 같이 말이다.

그래서 우리는 소프트웨어 수출에 관심을 가져야만 한다. 소프트웨어는 원자재 걱정을 하지 않아도 되고 중국이 따라오기에는 아직 멀었다고 생각한다. 제조업에서 생산되는 제품은 따라하기가 비교적 쉬운 반면에 소프트웨어는 그렇지가 못하다. 그중에 ERP, PLM과 같이 인사, 영업, 회계, 생산과 같은 업무를 지원하는 소프트웨어의 경우 그 업무의 처리과정에 대한 오랜 경험과 규칙이 몸에 배여야만 한다. 제조업과 같이 기계가 제품을 만드는 것이나 3D프린터로 복제하는 것과는 그 차원이 다르기 때문이다.

나는 1980년대 후반에 일본에 1년 정도 프로그래머로 일한 적이 있었는데, 1990년대 이전에는 자동화가 발달한 일본의 소프트웨어가 강세였지만, 인터넷이 대세인 지금은 한국이 더 강하다고 할 수 있다. 소프트웨어정책연구소의 발표에 따르면 한국의 소프트웨어 인력은 총 40만 명이고, 이중에 ERP, PLM과 같은 패키지 소프트웨어 인력이 15만 명이라고 한다. 내가 패키지 소프트웨어를 강조하는 이유는 사람(개발자)이 아니고 제품이기 때문이다. 고객의 요구에 따라서 용역으로 현지에 가서 개발을 하기에 우리나라 인건비가 높기도 하고 1회성이기 때문에 사업성이 없다고 생각한다. 이것은 독일에 SAP나 미국에 각종 제조업에 생산관리를 지원하는 PLM과 같은 패키지 소프트웨어들을 예로 들 수 있다. 이들도 제품은 각 국가의 사정에 맞게 팔지만, 현지에 개발 인력 파견은 높은 인건비 때문에 불가능한 것이다. 그래서 여러 고객을 대상으로 라이선스만 파는 것이다.

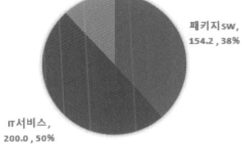

2022년(단위:천명)

게임SW, 47.4, 12%

패키지SW, 154.2, 38%

IT서비스, 200.0, 50%

한국의 SW 인력 현황('23 SPRi 발표, 필자 재편집)

그렇다면 이러한 소프트웨어를 어떻게 수출할 것인가?

불가능한 이야기로 들릴지 모르겠지만, IBM은 1967년 한국 최초의 컴퓨터 '시스템 140'을 한국 정부에 공급(원조)하면서 한국에 진출했다. 그것은 그 당시 경제기획원(지금의 기획재정부)에 인구 조사를 위해 컴퓨터가 도입된 것이고, 그 이후 1976년에는 공식 지사를 설립하여 한국 시장에 본격적으로 진출했다. 그 당시 한국의 인당 GDP는 825달러였다. 요즘으로 치면 최빈국이었고, 이렇게 가난한 나라에 컴퓨터를 팔겠다고 지사를 차린 IBM은 어떤 전략과 계획을 가지고 있었을까? 아마도 한국의 미래 발전 가능성을 살펴본 결과일 것이다.

나는 1999년에 잘 다니던 대기업에 사표를 던지고 소프트웨어 벤처 창업지원 사업을 시작했다. 스타트 기업을 발굴해서 해외 시장에 수출을 하려던 것이었다. 소프트웨어 벤처 창업이 대 유행을 시작하던 시절이었다. 지인들과 함께 미국 LA에 지사를 차리고 한국의 소프트웨어 기업을 선정해서 보내려고 한 것이다. 하지만 실패했고 한동안 그 후유증으로 어려움을 겪었었다. 미국 시장을 잘 모르고 의욕만 가지고 무모하게 시작한 것이 불찰이었던 것이다.

그래서 나는 오랫동안 개발도상국가를 다니면서 이런 생각을 하게 되었다. IBM과 같이 개도국부터 시작하면 어떨까? 정치적으로 안정되어 있고, 경제적으로 발전 가능성이 있는 나라라면 해 볼만하다고 생각한다. 다만 대부분의 패키지 소프트웨어 개발 회사들이 중소기업이라서 해외 진출을 하기에는 역부족이다. 그래서 60년대에 IBM이 미국 정부의 원조사업으로 한국에 진출했듯이 우리도 정부의 도움으로 ODA 사업에 이를 적용하면 많은 도움이 될 것이라고 확신한다.

이러한 나의 생각을 관련 부처에 정책 건의를 했고 관련 공무원과 실질적인 진행을 하던 과정에서 안타깝게도 그 부처의 조직 변화로 인해서 도중에 무산된 적도 있었다.

아무튼 나는 우리나라에 산업이 나아가야 할 제2의 반도체는 소프트웨어라고 생각한다. 15만 명의 인력이 수많은 경험과 체계적으로 개발된 각종 패키지 소프트웨어를 수출하는 것이 바로 그것이다. 하지만 선진국은 불가능하고 중진국이나 개도국을 대상으로 시작한다면 분명히 성과가 있을 것이다. 그런 국가들이 모듈당 수만 불씩이나 하는 독일의 SAP ERP 제품을 쉽게 도입하지는 못하기 때문이다.